Maison libre, sans toit ni cloison

DU MÊME AUTEUR

AUX ÉDITIONS LES ESCALES

N'oublie rien en chemin, 2017. Pocket, 2018.

Anne-Sophie
Moszkowicz

Maison libre, sans toit ni cloison

Éditions Héloïse d'Ormesson

Roman

ISBN 978-2-35087-782-2

Éditions Héloïse d'Ormesson
92 avenue de France, 75013 Paris
www.editions-heloisedormesson.com

À mon père.

« *Less is more.* »
Ludwig Mies van der Rohe

« Et moi, au milieu de cette foule de dormeurs...
éveillé et solitaire,
je marche. »
Jirô Taniguchi, *Le Promeneur*

1

—

La fuite

C'EST LE BRUIT qui la saisit en premier.

Un bruit sourd et profond, un rugissement venu de loin, roulant à l'infini jusqu'au creux de sa poitrine.

Elle s'immobilisa, chercha d'où il venait.

Le ciel était parfaitement dégagé. Pas même un orage. Quelle était donc cette créature, qui n'avait besoin ni de se montrer ni de reprendre son souffle ? Quelque bête sauvage, gardienne de la ville, signifierait d'un grondement continu aux nouveaux arrivants qu'ils doivent capituler, se soumettre à sa protection. Ici, rien ne se passait comme ailleurs. Un autre ordre régissait le monde, défiait les sens. Il vous tenait par le son. Le son avant l'image. Dès que vous posiez le pied à terre, il vous prenait et ne vous lâchait plus.

Elle longea le chemin au bord duquel elle s'était garée, suivit la file de ceux qui marchaient sans manifester aucune inquiétude. Eux semblaient savoir où aller. L'air était chaud, le vent balayait son visage. Les éléments eux-mêmes devenaient fébriles à son approche. Malgré la fatigue de la route, son pas était vif et déterminé. Sa robe légère virevoltait en claquant sur ses mollets. La sueur collait le tissu à sa peau, dessinant des auréoles dans son dos. Le siège de voiture avait imprimé sur elle la brûlure du cuir, comme on garde en mémoire la douleur fantôme des membres amputés. Mais tout cela n'avait plus d'importance à présent. Elle avait franchi une étape décisive en venant jusqu'ici ; un autre monde l'appelait.

Elle se souvint du jour où son père avait coupé le contact au bord de la route pour lui faire admirer le départ des oiseaux migrateurs. C'était un matin d'école, mais il avait volé quelques minutes au monde pour lui montrer cet étonnant prodige de la nature. Il lui avait raconté les milliers de kilomètres parcourus par ces volatiles, animés par leur seul instinct. La migration faisait partie d'un vaste système primitif, inscrit au plus profond de leur être. Savaient-ils pourquoi tous, soudain, déployaient leurs ailes au même moment ? Le savaient-ils ? Leur instinct, toujours, déclenchait le phénomène, les poussait à s'envoler haut, et longtemps. Bien trop longtemps, en réalité. Mais c'était l'instinct et l'instinct décidait. Il suffisait de s'en remettre à lui.

Il y avait eu ce silence entre eux, les yeux ébahis levés au ciel, le temps suspendu quelques instants, avant de repartir à toute berzingue pour arriver à l'heure, avant la cloche et les rendez-vous de chantier. Une poignée de secondes gravant des souvenirs pour l'éternité.

Première fois qu'elle venait ici. Elle n'en ressentait pas moins l'attraction de l'aimant imaginaire à la voix d'ogre. Comme eux tous. Un même élan animait ce serpent humain dont elle faisait partie. Il y avait toutes sortes d'estivants. Des bandes de jeunes et des familles, des petits vieux, des locaux, des touristes. Ils allaient sans se presser. Une détermination tranquille mobilisait la masse d'une seule cadence. Étrange sensation de se laisser bercer par le doux tempo du groupe.

Soudain, la file s'arrêta net.

Enfin, elle le vit.

L'immensité lui sauta au visage, prit toute la place dans son champ de vision. Il sembla rugir plus fort encore.

L'océan. On avait beau l'imaginer, sa démesure surprenait toujours. Il s'étalait à perte de vue, de toute sa splendeur. Et le puzzle se recomposait enfin. On comprenait que ce territoire-là avait quelque chose en plus que tous les ailleurs possibles. Une dimension supplémentaire : le son imbriqué au relief. Même si on le perdait de vue, l'océan demeurait ce spectre infiltré au creux de l'oreille. Personne ne pouvait lui échapper.

Il n'y aura plus jamais de silence désormais, pensa-t-elle. Et cela lui parut juste. Les vagues redistribuaient la donne à chaque ressac et repartaient indéfiniment. Claire comprit que ce mouvement-là changerait le cours de sa vie. Au premier regard, elle sut qu'une part d'elle-même devait se perdre dans cet immense miroir liquide. Sa place se trouvait ici. Comme les oiseaux migrateurs, son instinct lui disait qu'elle était arrivée à destination.

Combien de temps resta-t-elle ainsi, tout entière absorbée par la contemplation ? Il n'y avait plus d'heure à compter. Seulement elle et lui. Et l'appel furieux de la liberté.

Je n'ai ni corps ni visage. Je suis le souffle du vent sur son épaule, l'écoulement du sable sous ses pieds.

Ni couleur, ni odeur.

Je m'immisce entre les murs, passe à travers les courants d'air. Aucune porte close ne m'arrête, aucune ruelle ne se dérobe à moi. Je vais, je viens. Je suis le rêve, l'imaginaire et la conscience. J'apparais quand on m'appelle et m'envole quand la raison ne veut plus de moi. C'est ainsi. Personne ne sait tout à fait ce que nous sommes. Chaque vivant traîne ses ombres derrière lui. Certains passent leur vie à nous ignorer, à croire qu'on cherche à les intimider. D'autres nous prient, supplient, nous invoquent à longueur de journée, ils se perdent en nous.

J'en ai connu des dizaines, des âmes perdues venues chercher refuge ici. Certains ne s'habituent pas au roulement permanent, au climat qui vous croque les os, étés torrides, hivers humides, et ce vent puissant qui souffle sans cesse sur vos pensées, à vous faire perdre le fil. Mais Claire s'y accommodera. Elle n'est pas de ceux qui se laissent choir sur le bord du chemin. Elle a cette force toute fragile des écorchés mélancoliques. Tout à l'heure, j'ai vu l'océan la cueillir. Soudain, elle a mieux respiré. Le jour déclinait sur sa silhouette, rivée face à l'océan. Je l'ai observée s'étendre librement sur la plage, les cheveux mêlés au sable, comme si la plage du Miramar était devenue son propre lit. Allongée sur le flanc, le visage face aux vagues, ses jambes dessinaient nonchalamment des cercles dans le sable. Somnolait-elle ?

Je n'ai pas osé déranger sa langueur. Une autre fois.

Elle était partie comme une voleuse, avait roulé presque d'une traite, avalé les kilomètres et les lignes blanches, coupé la France en deux. D'est en ouest, de la mer à l'océan. Elle avait quitté la Méditerranée sans se retourner, avec pour seul guide une carte postale vieille de trente ans coincée dans la grille de ventilation de sa voiture. L'image lui indiquait sa ligne de mire.

Une seule pause, pour faire le plein. Comme tant d'autres, elle avait distraitement mordillé le rebord d'un gobelet en plastique, entre deux courants d'air et le bruit de soufflerie du sèche-mains. Un café au distributeur, siroté tandis qu'elle laissait son regard errer au-dessus des tourniquets à souvenirs et des rangées de spécialités faussement artisanales. Certains rattrapaient ainsi les occasions manquées en rapportant de petites attentions à leurs proches. « Rapporter… » Ce mot lui avait paru incongru. Elle, fuyait. Ne rapporterait rien à personne.

Retournerait-elle seulement un jour en son pays ? Elle avait écrasé les larmes sur ses joues. Ne pas y penser pour avoir le courage de l'exil. Son sac était presque vide. Une ou deux tenues de rechange, quelques sous-vêtements, un nécessaire de toilette. Le strict minimum. Sans doute les valises des condamnés en cavale ressemblaient-elles à la sienne. Elle n'avait besoin de rien d'autre de son ancienne vie pour la recommencer ailleurs.

Elle avait regardé autour d'elle ce décor de plastique et elle s'était dit que, décidément, elle aimait bien les aires d'autoroute, ces lieux de passage où se mêlaient les âmes égarées et les familles bruyantes, les évadés en cavale et les représentants de commerce en tournée.

Dans l'air flottait le parfum acidulé des souvenirs d'enfance, les jours de grands départs, elle, rêvassant sur la banquette arrière de la Lancia blanche, ou bien chahutant avec son frère entre rires et pleurs de rien. Le temps béni de la légèreté restait un peu là, sur les aires d'autoroute, pour que chacun puisse le retrouver au hasard des passages et se rendre compte que *oui, tout cela avait bien existé.*

Arthur avait pourtant bien changé, lui. Tandis que son café refroidissait sur le linoléum du comptoir, Claire rembobinait le film de la matinée jusqu'à la dernière image, glaçante : son regard amer, ses poings et ses mâchoires serrés, son orgueil de mâle. Comment les frères deviennent-ils des étrangers ? Même fabrique, même matrice, même enfance. Elle ressassait ce gâchis. Aucun mot n'avait pu sortir d'elle tout à l'heure. Elle avait muselé son secret et l'avait emporté dans sa fuite. Personne, ni même son frère, ne pouvait plus rien pour elle. C'était trop tard. Prendre la route, seule issue possible.

La sonnerie de son téléphone la tira de ses pensées.

– Bon sang, Claire, qu'est-ce que tu fabriques ? Tout le monde t'attend !

Elle avait décroché machinalement, pour faire taire la stridence électronique, ou peut-être se laisser une dernière chance de faire demi-tour. Mais cette voix surgissait avec la même aigreur qu'au matin, la ramenant à ce qu'elle avait fui. Comment aurait-il pu en être autrement ? La voix, toujours cassante, tendue comme un fil, prête à vaciller sous la colère, une colère qui ne la quittait plus, qui avait installé son emprise trop férocement. Impossible d'avouer qu'elle était loin, déjà.

– J'arrive, mentit-elle. J'avais un truc à régler.

– Un « truc » ? Un « truc à régler » ? Le jour de l'enterrement de Papa ? Tu débloques complètement ma pauvre fille !

La voix monta d'un cran encore et Claire sentit le fil vibrer sous la tension.

– Je suis désolée... Il vaut mieux que vous ne m'attendiez pas, je vais rentrer tard.

– Tu plaisantes, j'espère ? Tout le monde est là, devant la maison de Papa ! Tu es la seule à avoir la clé, je te rappelle !

Claire avait oublié ce détail. Elle avait pensé que sa fuite passerait inaperçue si elle s'éclipsait discrètement après la cérémonie. Elle s'était occupée de tout, les petits fours attendaient dans la cuisine, la cafetière prête à être enclenchée, les tasses et les petites assiettes sur le plateau. Tout avait été anticipé pour que tout se passe comme prévu, sans elle. Et elle avait oublié les clés !

– Je suis désolée, répéta-t-elle.

La voix continua, et plus le volume sonore gonflait, moins elle distinguait les mots qui se brouillaient, se diluaient en une soupe épaisse. Le fil céda. Une coupure nette au ciseau qui trancha vif, laissant son passé à l'abandon sur une aire d'autoroute, perdu au milieu de nulle part. Claire lâcha prise et la voix s'éloigna jusqu'à devenir à peine audible, comme un ballon à l'hélium filant vers le ciel, libéré de sa ficelle. Autant raccrocher. Elle ne pouvait plus rien pour eux à présent. En actionnant le mode « muet » de son téléphone, elle sourit de ce vocable fort à propos. Des ingénieurs-philosophes avaient tout compris du paradoxe des hommes en tissant le haut débit illimité en même temps que son antidote. Les appels devaient pouvoir passer dans une autre dimension, celle de l'inaudible.

La fuite et le mode muet en garde-fou.

Claire sortit la carte postale de sa poche : à partir de ce jour, plus rien d'autre ne compterait que cette carte, son paysage d'océan et de dunes. À force d'y perdre son regard, il lui était devenu familier. Son texte, elle le connaissait par cœur. Elle avait tenté d'y déceler un hypothétique message de son père. Il devait bien y avoir une piste à suivre. Elle se le récitait à elle-même, à la manière d'un mantra, et quand le moteur avait démarré, elle avait pris la direction de ce paysage de bleu et de sable. Quelle autre destination ? Peut-être subsistait-il une part de son père là-bas ? Une part qu'elle n'aurait pas nécessairement connue. Cette femme rappelait des souvenirs, rappelait un homme, l'homme que Claire n'avait jamais connu. La pièce manquante du puzzle.

T., le 5 mars 1995,

Cher Boris,

45 ans aujourd'hui pour tous les deux… Drôle d'âge, à mi-parcours… Il est loin le temps du Select. Mais encore assez vivace dans ma mémoire pour ne pas oublier que nous sommes nés le même jour. À chaque anniversaire, je pense à toi et me demande si tu as pu réaliser ton projet fou. Tout cela est si loin, mais si beau dans ma mémoire… Cette idée de bâtir « la maison libre, sans toit ni cloison » était fascinante et il me semble que j'aurais moins d'amertume envers la vie de savoir qu'au moins l'un de nous a réussi à poursuivre ses rêves de jeunesse.

Si l'envie te prend de rendre visite à une vieille amie, j'ai définitivement jeté l'ancre à T., où j'ai acheté un bout de comptoir. Tu vois, les aventures sont bel et bien derrière moi, qui l'eût cru ?

Irène

Claire avait repris la route et ne s'était plus arrêtée, portée par la carte d'une inconnue, à vingt ans d'intervalle. Ainsi une étrangère en avait su autant sur son père : son insatiable désir de liberté, son acharnement à remonter les rivières à contre-courant, jusqu'à son rêve le plus fou. Claire avait roulé sous l'emprise de l'écriture violette jusqu'à ce point, derrière les dunes où le paysage se confondait tout à fait avec l'image qu'elle tenait entre ses mains.

La côte se découpait sur des kilomètres entre grève et roche. Parfois, un Club Mickey, un hôtel-casino, quelques boutiques de souvenirs, des restaurants de grillades. Puis la nature reprenait ses droits en s'octroyant de vastes étendues protégées par les dunes. Il n'y avait à ces endroits-là que l'océan et le sable, monde binaire où les marées modulaient le paysage à leur guise. La lumière d'après-midi caramélisait le décor de carte postale. Un voile d'or qui tirait sur l'orange à mesure que le jour avançait.

Au loin, Claire aperçut la prochaine ville. Elle se rappela alors qu'il lui fallait une chambre pour la nuit. Les hôtels affichaient complet. En saison haute, les réservations avaient déjà été prises depuis longtemps. Après une dizaine de refus, elle s'apprêtait à baisser les bras, se résignant à l'idée de dormir dans sa voiture, quand elle poussa une dernière porte. C'était un petit hôtel un peu en retrait du centre-ville, au charme discret mais toutefois agréable. Par chance, des clients venaient de se désister. Le prix de la chambre – une suite pour voyage de noces – était élevé. Elle commencerait déjà à puiser dans ses économies. Tant pis. Demain, elle aviserait.

Une dame d'une cinquantaine d'années assurait la réception et lui vanta les charmes de cette chambre « parfaite pour les amoureux ». Elle avait un accent du Sud qui lui rappelait la musique de son enfance, et une odeur de savon de Marseille pour laquelle elle lui pardonnait volontiers son indiscrétion :

– Et vous, vous n'avez pas un amoureux, mademoiselle ? Une jolie fille comme vous...

La vie n'était pas aussi simple que les accents du Sud semblaient le laisser croire.

La réceptionniste lui remit les clés avant de s'en aller, et Claire refit un tour dans cette « chambre des amoureux ». C'était vrai. Un romantisme certain se dégageait de ce confort fleuri. Le lit à deux places était entouré d'un léger voilage blanc à travers lequel la lumière de fin du jour filtrait délicatement, tiède et douce. C'était sûrement cela que l'on appelait un « nid douillet ». Elle n'osait pas y toucher, intruse dans ce décor suggestif. Elle s'assit dans le fauteuil près de la fenêtre et songea que, malgré sa petite trentaine, personne n'avait jamais réservé une telle chambre pour elle.

Elle essaya de s'imaginer en jeune mariée. Lui, la tiendrait par la taille. Elle ferait face au panorama. Ils verraient dans ce paysage idyllique une métaphore de ce qui suivrait : un bonheur plein de promesses. Leurs cœurs bourdonneraient encore de la fête qui aurait célébré leur union. Les rires sur les lèvres de chacun résonneraient déjà de jolis souvenirs. L'occasion aurait donné un coup de jeune à leurs parents, grisés par le grand jour. Tout le monde serait venu pour eux et le photographe aurait capturé l'instant : la série classique des clichés de famille, les jeunes époux encadrés de leurs parents et des frères et sœurs. Tout simplement réunis, comme sur tant d'autres photos de mariage.

Alors une colère s'éveilla en elle. La colère avait démarré timidement, à petits pas, à mesure que ces images tronquées se dessinaient, et à force d'y penser, elle grouillait de plus en plus, grondait, tirait sur les muscles, cognait contre les os, tordait tout son intérieur. Le tonnerre montait en elle. Tout cela n'existerait pas. Pas comme ça. Il y aurait toujours les absents. Les événements les plus simples boiteraient à jamais. Elle dressa le bilan de cet avenir bancal. Et quand elle fut à ras bord, elle courut vider sa rancœur dans la cuvette des toilettes.

Des heures que son estomac était barbouillé, comme si l'océan lui avait transmis son mouvement de va-et-vient, par décalcomanie. N'a pas l'âme marine qui veut. Toute cette histoire la menait donc là, sur le carreau moucheté de la salle de bains. Quand les spasmes s'apaisèrent, elle se passa un peu d'eau sur le visage et retourna se lover dans le fauteuil.

Une petite lumière rouge perça la bouche béante de son sac à main. Clignotement comme un phare dans la nuit qui tombe. Claire en ressortit l'appareil qui lui semblait à présent si étrange, si impudique. À comptabiliser les appels en absence, à enregistrer les messages et les numéros, la machine vous suivait à la trace, finissait par vous tenir en laisse. D'un glissement de doigt, tout s'affichait et vous vous laissiez attraper dans ses filets. Claire ne prit pas la peine de l'éteindre. Elle reposa l'objet dans son sac et se planta devant la fenêtre du salon.

Oui, vraiment, c'était une chance d'avoir une vue pareille.

Dehors, alors que le jour déclinait, la bête liquide se déchaînait, comme un tissu froissé remuant dans tous les sens, tirant les fibres à l'extrême, jusqu'au déchirement. L'eau engloutissait quelques démons dans la faille et se refermait presque aussitôt, un instant apaisée par cette offrande, pour reprendre un peu plus loin, jamais tout à fait rassasiée. La bête étendait ses pattes d'un bout à l'autre du rivage. Son agilité dépêchait ses membres du large à la rive, exécutant une chorégraphie très complexe et très souple à la fois. Claire regardait ce ballet de velours dont la précision égalait l'élégance, et cela la berça.

La bête était sauvage et majestueuse. Elle ne se laisserait pas apprivoiser. Elle se lavait des hommes pour reprendre ses droits sur elle-même. Partout, ils la regardaient, incrédules, ébahis, bien heureux d'en être sortis à présent et de pouvoir l'observer de l'extérieur. À cette heure-ci, c'était tout ce qu'ils pouvaient faire. Contempler, passifs. Aucune de ces vagues-là n'aurait pu être approchée. Ils la regardaient, impuissants et admiratifs.

C'était le moment que la bête préférait : quand les hommes s'avouaient vaincus, quand ils reconnaissaient sa force supérieure. Alors, elle s'ébrouait avec encore plus de zèle, en rajoutait pour mettre un point final à la bataille. Il fallait tous les jours reprendre le dessus, tous les jours réaffirmer sa suprématie. Un combat incessant. Car tous les jours, les hommes se renouvelaient, tous les jours ils revenaient nombreux, différents, inventant de nouveaux jeux dans ses remous. La bête devait veiller à ces quelques heures de course libre, pour ne pas oublier qui elle était. Claire contempla ce spectacle qui calmait ses tourments.

Bientôt, ses paupières se fermèrent. Et la nuit sembla tomber d'un coup, recouvrant la bête de son grand manteau noir, comme on borde un enfant avant son sommeil.

Moi, l'ombre, je viens caresser son front.

2

—

Nice, Août 1967

MES VALISES, je les boucle avec la sensation étrange de la dernière fois, de la dernière nuit ici. Le ciel étoilé s'étire à l'infini et je me demande s'il est aussi vaste là-bas, où aucun souvenir n'est encore écrit, où tout reste à dessiner. Les heures défilent sur ce mystère jusqu'au matin, et le sommeil, dans ce décompte auquel rien ne s'oppose, peine à trouver un recoin calme de mon esprit pour s'y couler.

Dans quelques heures, l'Alfa Romeo filera à toute allure vers la capitale et je m'en irai quérir un autre Graal que cette lumière du Sud que j'aime tant. Avant le départ, j'ai fait mettre le moteur de la Giulia Super de mon père sur ma voiture, en espérant ainsi qu'elle avale les kilomètres encore plus vite. Le convaincre n'a pas été une mince affaire, mais il a finalement capitulé, sans doute pressé d'oublier cet épisode peu glorieux où il avait échoué à garder le contrôle du bolide en plein dérapage, sous une « raïssa » digne du déluge de Noé. La fidèle Giulia avait piteusement terminé sa course, aplatie contre un mur. La fierté d'Albert en avait pris un coup.

Les bagages attendent dans le coffre. Tout est au point. D'un coup de chiffon, je fais briller la carrosserie, impatient de faire bientôt rugir le greffon. Encore un dernier tour dans le quartier, un dernier déjeuner en famille, et puis la liberté sera à portée de main.

Je m'engage rue Lamartine, avant de continuer à droite rue Spitalieri. Depuis mes premières culottes courtes, j'ai emprunté ce chemin des centaines de fois ; j'en connais tous les raccourcis et itinéraires possibles, le jeu du soleil sur les immeubles, les plaques d'égout sur lesquelles on manque de trébucher, les sonnettes pour les meilleures farces, la danse des persiennes projetant leurs motifs géométriques au fil des heures. Je salue les commerçants qui s'affairent à leur boutique, les premiers clients sont déjà là. Quelques vieilles en blouses fleuries font le guet aux terrasses. Des messieurs chapeautés se sont arrêtés pour échanger des banalités sur la météo en caressant leurs moustaches ; une moue réprobatrice se dessine sur leurs visages quand de jeunes gens en pantalons à pattes d'éléphant les dépassent. J'enregistre tout, je veux conserver intacte dans ma mémoire la monotonie tranquille et rassurante de ce qu'on appelle « la province », à moins que ce ne soit simplement « les jours heureux »...

J'aperçois au fond la perpendiculaire, rue Rancher, et je m'arrête net : l'éclosion des couleurs se niche là, à la prochaine intersection, d'autant plus sublime que le matin tamise son éclat, comme une timidité qui ne demanderait qu'à s'émanciper. Pour l'instant, les façades sont encore colorées d'une gourmande teinte abricot, qui se fera de plus en plus éblouissante au fil de la journée. Sous mes pas, le trottoir, d'un rose tirant sur le parme, s'harmonise en douceur. Béni soit-il, ce pays magique où l'on trouve ces peintures impressionnistes à chaque coin de rue. Cet accord de tons, c'est exactement le genre de détails qui me rend heureux pour la journée. A-t-on besoin de plus ?

J'entends d'ici mes professeurs, levant les yeux au ciel : « Plaisir de paresseux… Imbécile heureux… » Et l'écho indulgent de ma mère : « Mais laissez-le tranquille, ce pauvre petit ! » Cette ville est un joyau. Il vous suffit d'ouvrir les yeux et de boire la lumière qui vous tombe dessus. Si c'est ça la paresse, je veux bien être paresseux toute ma vie.

La rue Gubernatis commence juste là, mais je suis en avance et je suis pris d'une furieuse envie de prolonger la promenade avant le déjeuner. Je pousse jusqu'au lycée de garçons, où j'ai usé mes pantalons, du jardin d'enfants au baccalauréat. La tour de l'horloge pointant au loin guide mes pas. Sur le cadran de cette dernière : *« Horas ne numerem nisi serenas » – Je ne sonne que les heures heureuses.* Précisément, les cadrans solaires ne font apparaître les heures que lorsqu'il y a du soleil. Autrefois, cette devise me laissait songeur. J'imaginais qu'elle était le cri de guerre d'un valeureux général, comme dans les récits fabuleux que nous racontait notre professeur d'histoire, monsieur Max Gallo. Nous buvions ses paroles. Avec lui, les batailles et les armistices se déroulaient sous nos yeux dans la salle de classe, et nous rejouions les révolutions à la récréation. En dehors de ses cours, mes souvenirs d'écolier sont incolores. Les blouses, les tableaux, les encriers, les bureaux, les portemanteaux : tout est gris dans ma mémoire. Gris à l'intérieur, bleu au-dehors.

De l'extérieur, on n'imagine pas que ce bâtiment puisse abriter un lycée, ni quelles richesses se cachent derrière ces portes. Je ferme les yeux et je revois tout avec netteté : les dédales de galeries, les balcons et terrasses, les cours intérieures, boiseries et mosaïques. Je déambule les yeux fermés dans mes souvenirs d'enfant et d'adolescent, et j'entends résonner mon surnom dans les couloirs : « Boris le rêveur ! » On ne se moquait pas vraiment ; on constatait. Je crois que mon prénom aux sonorités slaves excusait cette faiblesse. J'étais pourtant un usurpateur. Aucune origine familiale ne justifiait ce choix. Seulement une fantaisie de ma mère qui avait la faiblesse, ou la coquetterie, d'aimer les romans russes. Qu'elle ait pu remporter la négociation face à mon père reste un mystère. Peut-être était-il si heureux d'avoir enfin un garçon qu'il avait cédé à ma mère le choix du prénom ?

Au bout de la rue du Lycée, une silhouette s'avance vers moi : « Alors, c'est aujourd'hui le grand départ ? », me lance Jean-Pierre en me serrant une poignée amicale. Dans ma main, il a niché une boulette de papier et éclate de rire devant ma stupéfaction.

Tout me revient.

Nous sommes en septième. Sur mon pupitre, un contrôle de géométrie, ma matière favorite. Le sujet est ardu, mais je m'y plonge tout entier, oubliant même le bleu du ciel. Les formes se mettent à danser sur ma copie. J'aime cette matière où nous manipulons des outils : compas, équerre, rapporteur, règle graduée. Je m'y sens à mon aise, comme dans l'atelier de bricolage de mon père à l'arrière du chalet de montagne où nous passons les vacances, qui n'a ni eau courante ni électricité mais un établi parfaitement équipé.

Au moment où j'achève la résolution de ce problème ardu, je découvre mon Jean-Pierre, mon ami fidèle, assis à côté de moi, vert de panique, suant à grosses gouttes devant sa copie blanche. Quitte ou double : soit j'aide mon ami en risquant un zéro mémorable, soit je m'assure une bonne note, mais l'abandonne.

– Monsieur, je crois que Jean-Pierre ne se sent pas bien.

Sourcils dressés, le maître examine la pâleur de Jean-Pierre.

– Je pense qu'il a besoin d'aller aux toilettes.

– Monsieur Ricourt, silence ! Votre camarade peut sans doute s'exprimer tout seul.

Regard encourageant envers mon Jean-Pierre.

– Il a raison, m'sieur.

– Alors faites, mais vite !

Jean-Pierre sort et le professeur reprend sa ronde entre les rangs. Alors qu'il se dirige vers le fond de la classe, je froisse mon brouillon en une boulette bien serrée, et l'envoie, d'un coup sec, au milieu de la cour. Jean-Pierre bondit comme un lapin et la glisse dans sa poche. Nous sommes sauvés.

« Je me suis dit que ça ne te ferait pas de mal de réviser un peu la géométrie de septième avant d'aller jouer les apprentis architectes ! »

Le sourire de Jean-Pierre est le même qu'à dix ans. Nous marchons un peu, faisons le tour du pâté de maisons, de ce lycée Masséna où nous nous sommes rencontrés et qui a été le théâtre de notre enfance. La façade en pierre de taille de La Turbie se dore au soleil. Une frise de mosaïques court tout autour, sur lesquelles miroitent les douces couleurs de la ville : l'ocre, le bleu, le jaune. Les pierres et les couleurs restent et nous observent grandir, mentir, rêver, pleurer. De là où elles se trouvent, que leur inspire le spectacle des hommes ?

Jean-Pierre rentre chez lui ; on l'attend. Moi aussi d'ailleurs.

19, rue Gubernatis. La haute porte en ferronnerie me fait face. Ses arabesques noires montent, interminables, emportant avec elles l'entrelacs des initiales de mon aïeul. Le mécanisme de la serrure nécessite un subtil mouvement de retrait pour faire tourner la clé. J'ai beau expliquer à mon père que, tôt ou tard, une clé finira par se coincer et détraquer le verrou, il ne veut rien entendre. Un sou est un sou.

Mes pas résonnent dans le vaste hall, vestige de l'époque des portes cochères. Je monte les marches du grand escalier quatre à quatre, caressant avec nostalgie la rampe en bois sur laquelle nous descendions les trois étages, sous les cris affolés de ma mère. Ancêtre de l'ascenseur.

L'appartement se trouve au troisième, tandis que ma marraine occupe le deuxième et mon oncle Jacques le premier. Celui-ci vit seul, du moins ne s'est-il jamais marié, ses mœurs étant incompatibles avec une vie de famille, au grand dam de mon père, qui entretient avec lui des relations plutôt distantes. Au rez-de-chaussée, un « magasin » assure à ma mère un petit revenu de location dont elle jouit timidement, maigre liberté concédée par son mari sous la pression de son frère.

Le doigt sur la sonnette, c'est cette image qui me revient : le jour où Jacques est revenu de la banque, triomphant, brandissant les papiers stipulant l'indépendance financière de sa sœur, j'ai bien cru que la Troisième Guerre mondiale était déclenchée. Marthe Ricourt avait désormais le droit de disposer d'un compte bancaire – et même d'un chéquier ! – sans avoir à demander l'autorisation de son époux, conformément à la loi du 13 juillet 1965 qui venait d'être votée. Personne n'avait remarqué le visage de ma mère, vidé de ses couleurs. Tous les regards étaient braqués sur mon père, impassible. J'approchai une chaise, tandis que les mains de ma mère tremblaient devant les documents officiels sur lesquels son nom se répétait sur toutes les pages.

Le temps s'était suspendu. La joute silencieuse occupait tout l'espace. Les yeux vert-de-gris de Jacques riaient du plaisir d'avoir mis son beau-frère en échec, lequel, immobile, ne disait rien. Mes sœurs avaient arrêté leur partie de dames et enroulaient leurs mèches blondes autour de leurs doigts.

– Tu signes là, avait ordonné Jacques. Et voici ton chéquier.

Tétanisée, elle n'osait y toucher. Je me suis mis à lui masser tendrement la nuque pour l'aider à reprendre ses esprits. La coupe était pleine. Au moment où Marthe a attrapé le stylo tendu, mon père a enfilé sa gabardine, calé son chapeau entre ses deux oreilles et l'on a entendu le claquement de la porte d'entrée résonner dans tout l'immeuble.

La porte s'ouvre et balaie ce souvenir :

– Mon chéri, tu es là ! Alors, c'est le grand jour ?

Ma mère m'accueille avec cette chaleur dont elle seule a le secret. Pourtant, je sais combien d'efforts il lui faut rassembler pour ne rien laisser paraître de l'émotion qui l'habite. « Son » Boris, le « gentil petit Boris », est sur le point de quitter le nid familial. La table est déjà dressée, impeccable, nappe blanche à broderies des jours de fête, vin en carafe et repose-couteaux à têtes d'animaux placés à côté de chaque assiette. Je compte le nombre de couverts : deux, quatre, cinq et un six. Tout le monde sera là, y compris Jacques.

Mes deux sœurs me collent chacune un baiser sur les joues.

– Je ne veux pas que tu nous quittes ! bougonne Camille, la plus jeune.

– Je ne vous quitte pas, je reviens déjà à Noël.

– Tu dis ça, renchérit Madeleine, et puis une fois là-haut, tu auras bien d'autres chats à fouetter que tes petites sœurs de province !

– Surtout si tu rencontres Sylvie Vartan, ajoute la benjamine.

– Alors, à toi les Parisiennes ? me lance Jacques, goguenard, en me serrant la main d'une poignée ferme.

J'aime cet oncle sans gêne, son esprit libre et extraverti. Avec lui, tout semble dérisoire et déconcertant.

– Mais quel langage ! l'interrompt ma mère. Quel exemple donnez-vous aux filles, voyons ! Aidez-moi plutôt à sortir le gigot du four !

À ces mots magiques, mon père sort de son bureau que nous avons coutume d'appeler « bibliothèque » tant les livres y sont rois.

Tous les personnages sont en place, la pièce peut commencer. Marthe, la mère douce et aimante. Jacques, l'oncle original, couturier de son état, exerçant un « métier de femme », selon l'expression de mon père. Albert, le chef de famille féru d'Antiquité dont le passe-temps favori est d'annoter les marges des livres pour préciser ici une information, corriger là une date erronée ou encore reproduire un croquis. Madeleine, l'intelligence en héritage, sans cesse à l'affût de l'assentiment de notre père, mais dont le statut de fille freine son ascension, elle qui déploie toute son énergie à lutter contre ce coup du sort. Et enfin, Camille, vive et malicieuse, un brin fantasque, à l'esprit enchanteur : la joie incarnée. Quant à moi, je tiens le rôle de l'observateur. Le fond de scène qui n'en perd pas une miette.

Oui, la famille est un théâtre et les déjeuners du dimanche en sont les répétitions générales. Chacun tiendra son rôle, chacun jouera son texte. Mais qui en est l'auteur en définitive ? Chacun pour soi-même ou bien le groupe pour chacun ? Il est si facile de se glisser dans la partition modelée par d'autres. On passe sa vie à la jouer et la rejouer à l'infini, si bien qu'on finit par la connaître par cœur et par ne plus savoir rien jouer d'autre.

Je les regarde tous et cette mise en scène me saute aux yeux. Peut-être est-ce parce que je m'apprête à quitter la scène pour chercher un autre rôle dans une autre pièce dont je ne connais pas encore le script ? Je les regarde depuis les coulisses, les chimères de mon enfance. Il reste tant de rôles à incarner, tant de textes à lire, de voix à entendre, de gestuelles à adopter. Mon regard se pose une dernière fois sur chacun des personnages qui ont façonné le premier acte de ma vie. Pas d'amertume ni de nostalgie. J'essaie seulement de régler une mise au point factuelle de cette scène. Je voudrais que mon esprit saisisse la photographie de ce passé, qu'il parte avec pour mieux prendre son envol.

Je refais le chemin à l'envers, avec cette image en tête : boulevard Dubouchage, rue Rancher, Spitalieri, Lamartine. L'Alfa Romeo m'attend, le soleil brille sur la carrosserie gris perle. Il est temps d'aller contempler d'autres horizons.

3

La métamorphose

LE JOUR LA CUEILLIT timidement. À travers le voilage, la lumière s'infiltrait en douce par les minuscules interstices et arrivait légère sur sa peau, attendrie par un long voyage. Il lui sembla qu'elle n'avait encore jamais senti pareille caresse. Le monde était tout en rondeur ce matin. Les angles avaient été polis pendant la nuit, on avait modelé une sphère qui, à force de rouler, avait fini par englober le monde entier. Claire en avait la certitude : hier, la Terre était plate et encadrée de quatre angles droits. Aujourd'hui, le cadre avait sauté. Ne restait qu'une Terre ronde, en suspension, libre de toutes les rotations possibles et imaginables. La révolution était en œuvre. Des grains de poussière tournoyaient lentement dans les rayons du soleil. Eux aussi semblaient être mus par une trajectoire nouvelle, dessinant des spirales dans la « chambre des amoureux ».

Elle voulut sortir du lit pour se préparer, mais son corps semblait plus lourd qu'à l'ordinaire, rond comme une bulle, gonflé à l'hélium. La métamorphose la gagnait. Elle sentait des fourmillements dans tout son être. Ses membres engourdis refusaient de s'activer. Après tout, personne ne l'attendait.

Son reflet dans le miroir lui fit penser à ces odalisques d'Ingres, étendues avec volupté dans des draps de soie, le visage grave, la peau laiteuse, les tétons roses pointant vers le ciel. Elle mima les poses indolentes, exagéra les cambrures. Ses cheveux blonds aux reflets roux suivaient le mouvement.

Plusieurs jours s'écoulèrent ainsi, lascivement. La fatigue accumulée depuis des mois s'abattait enfin comme une grosse vague qui l'engloutissait dans un sommeil sans rêves. Quand elle se réveillait, le fil des dernières semaines repassait en boucle, finissait par s'emmêler, la laissant exsangue, jusqu'à ce que le sommeil la prenne à nouveau. Claire essayait de comprendre comment elle en était arrivée là, mais tout raisonnement aboutissait invariablement à une impasse et elle échouait à apaiser sa conscience. Sa faute, terrible, la hantait sans fin. Parviendrait-elle seulement à rassembler son courage pour retrouver la trace d'Irène, l'inconnue de la carte postale ? Elle repoussait chaque jour ses recherches au lendemain, préférant le cocon moelleux du lit de sa chambre, restant parfois jusqu'au soir sans mettre le nez dehors.

La tenancière de l'hôtel lui jetait parfois des regards inquiets. Par flemme, Claire laissait tout imaginer, tout envisager, du moment que celle-ci lui montât de temps à autre des œufs brouillés avec un morceau de fromage. La femme avait bon cœur, elle lui avait trouvé une autre chambre, moins onéreuse, et avait accepté de lui faire une ristourne jusqu'à ce qu'elle trouve un logement plus stable. Il fallait bien aider les jeunes à s'installer dans la région, ce n'était pas tous les jours que ça arrivait ! Et une fois de plus, Claire n'avait pas osé la contredire. Après tout, peut-être s'installerait-elle ici pour de bon ?

Son téléphone avait clignoté encore quelques jours, puis avait sombré dans un profond sommeil. Claire le rangea dans un tiroir. Toutes ces données muettes, bâillonnées, étaient devenues parfaitement inutiles. Ingrate. Oui, il aurait fallu appeler, dire de ne pas s'inquiéter pour elle, rassurer le peu de famille qu'il lui restait, son parrain, ses amis… Il aurait fallu rendre des comptes, expliquer. *Il aurait fallu.* Claire se sentait incapable de répondre aux interrogations, d'écouter les avis des uns et des autres, incapable de faire semblant, encore moins de rassurer. Elle avait caché tant de choses aux siens depuis des mois qu'ils lui étaient devenus étrangers. Ses secrets étaient devenus ses fardeaux, des cailloux jetés au fond de sa poche qui avaient fait basculer l'ordre tranquille de sa petite vie d'avant. Chacun un peu plus, comme un jeu d'équilibre qui aurait mal tourné.

Quand Boris avait rendu son dernier souffle, il y avait eu cette cérémonie, avec les proches, entre les cyprès. Les condoléances balbutiées dans les chants de cigales, le soleil méditerranéen qui cogne sur les pierres tombales, les mains serrées mollement dans des élans de compassion maladroite. Claire était remontée dans sa voiture, « je vous rejoins ». Le soleil avait brillé un peu plus fort, chauffant ses joues roses. La mer d'huile, d'un bleu indécent, semblait une incitation supplémentaire à la quitter. Quelques mouettes piaillèrent. Le tableau était complet. Et ce fut ainsi qu'elle partit.

Déjà, l'autoroute. Le moteur ne désirait qu'une chose : vrombir. Tout brûlait : le bitume et les pensées. Claire sentait bien qu'elle dépassait les limitations, mais c'était plus fort qu'elle. Son pied avait appuyé un peu plus sur la pédale. La vitesse l'avait aspirée. Son corps plaqué contre le siège, les kilomètres avaient défilé, loin des cyprès, loin de Boris mis en terre et du bleu trop vif de la mer. L'asphalte l'avait arrachée à cette vie misérable où l'on enterrait les pères.

Elle fonçait, elle fuyait. À mesure, ses larmes s'étaient arrêtées de couler, jusqu'à sécher tout à fait. Claire avait senti les rigoles tirer sa peau, sentiers du chagrin sur ses joues. Elle avait toujours eu peur en voiture, et pourtant, aujourd'hui, c'était bien ce tas de ferraille qui la sauvait. La vitesse faisait fondre les paysages. Elle avait été prise dans ce tourbillon, mouvement fou et irrépressible, si éloigné de son caractère habituellement calme et réfléchi. Le plaisir subversif de se retirer du monde l'avait emporté ce jour-là, tirait un trait net sur toutes ces années passées à servir les convenances. Faire ce qu'on attendait d'elle en toutes circonstances était devenu sa spécialité. Enfant modèle et timide, on la surnommait déjà « la petite souris ». Adolescente, elle s'était effacée un peu plus, réussissant modérément en classe, se réfugiant dans les livres et dans ses rêves. Avec le temps, elle était devenue une amie fidèle, une employée fiable, toujours ponctuelle et serviable. Tout le monde appréciait de pouvoir compter sur elle. Sa raison guidait chacune de ses décisions et de ses actions. Oui, « Claire était parfaite », et ce mot, soudain, lui avait paru insoutenable quand il éructa dans les allées du cimetière bordées de cyprès, à peine Boris en terre. La colère avait grondé en elle avec une furieuse envie de renverser les tables. Pour une fois, il lui était impossible de tenir ce rôle-là que tous attendaient d'elle.

Avait-elle fini par perdre de sa couleur et de sa saveur à force de se fondre pour contenter les autres ?

L'océan semblait de cet avis.

Toute cette sagesse ne convenait pas au géant liquide, qui l'attirait vers d'autres horizons. Elle s'en remettait à lui, puissance de la nature qui connaissait tout du monde. Un glissement s'opérait, insidieux. Une métamorphose. Le clapotis de l'eau lui chuchotait des possibles différents, l'aspirait hors d'elle, hors du temps.

Fuir.

Elle avait traversé la France comme on tourne la page, comme si l'exil avait à coup sûr le pouvoir de redistribuer les cartes, de mieux partager la douceur, effaçant tous les ratés et les douleurs d'avant. Elle avait pris la route vers l'ouest sans réfléchir. Cette force, bien palpable, l'avait aspirée, irrémédiablement, et la retenait.

Tous les matins, elle revenait puiser l'énergie nécessaire auprès du géant d'eau. Elle se plantait en face de lui, le toisait, mesurait sa force et son humeur. Elle prenait une grande inspiration, se remplissait les poumons de l'air salé qui lui picotait les narines au début et finissait par lui brûler la gorge. Elle respirait l'océan et l'océan attisait quelque chose en elle qu'elle avait du mal à définir. Il lui apposait une sorte de tatouage sensoriel qui, peu à peu, déréglait ses pensées. Elle passait des heures à baigner son esprit ; elle le laissait s'échouer dans les vagues jusqu'à en ressentir le ramollissement, comme lorsque enfant, elle observait ses doigts se friper après un trop long bain. Elle considérait l'arrondissement de son corps et l'apaisement de son esprit avec une curiosité nouvelle. L'idée des départs incessants infusait en elle, dans chacune de ses veines, oxygénant d'une nouvelle substance ses organes et ses membres. Elle admirait l'insolence des remous qui osaient tout et obtenaient tout. Comment faisaient-ils ?

À force, elle serait remplie de ces nouvelles idées, à ras bord. Elle ne rêverait plus que d'échappées, de liberté et de recommencements, mouvements irraisonnés et déraisonnables. L'iode lavait tout son être, arrachait les dernières particules de timidité et de sagesse.

Lui revenait alors un souvenir lointain… très flou d'abord puis plus net, à force de travailler sa mémoire. Il y avait bien eu une promesse.

– Claire, ma petite, viens ici. Regarde… !
– Quoi, Papa ?
– L'océan, ma Clairette, c'est l'océan ! Regarde bien et écoute.
– Ça fait beaucoup de bruit.
– Oui. Un bruit qui recouvre tout. Tous les chagrins et toutes les peines du monde. Promets-moi de t'en souvenir !
– Comme une sorte de cachette ?
– Exactement, une sorte de cachette.

Claire sentit un souffle tiède sur sa nuque. Elle tourna la tête : il était là, tout près, assis à côté d'elle sur le sable. Il regardait au loin, dans les esquisses des vagues. Et elle l'entendait presque penser, elle devinait les plans des maisons se dessiner dans sa tête, les coups de crayon en quête d'un absolu encore inconnu. Ses habits dénotaient – col roulé bleu sombre, pantalon évasé sur le bas et une paire de boots. Ses cheveux plus épais sur les tempes se prolongeaient en une barbe rousse reconnaissable entre toutes. Il venait d'un autre temps. Pourtant, aujourd'hui, les trente ans qui les séparaient ne comptaient plus. Aujourd'hui, ils avaient le même âge. Les époques se confondaient, mélangeaient les couleurs. Il suffisait d'avoir le cran de s'engouffrer dans ce brouillard où tout est permis, où ce qui n'est plus peut reprendre vie. Les souvenirs remontaient alors à la surface et se mêlaient à l'écume.

Elle aurait voulu ne jamais oublier son odeur. La rousseur du sable s'en mêla et brouilla les pistes. Elle craignit que le mirage disparaisse. Mais non, il restait là, tenait bon. Alors, elle s'aventura un peu plus. Elle eut le sentiment diffus de pouvoir tout tenter sur cette plage, s'aventurer dans les profondeurs de l'impossible. Devant les éléments qui jouissaient si intensément de leur liberté, elle sentit une témérité nouvelle pousser en elle.

Claire saisit le livre renversé près de lui, plongé dans le sable, ouvert à la bonne page. Cette manie de déformer les livres, de les éventrer et les laisser choir, piégés, la gueule ouverte... Elle ne pourrait jamais s'y faire.

Elle lut : « Plaidoyer pour la ville... »

– Architecte ?

– Bientôt.

Elle hocha la tête, l'invitant à en dire plus.

– Et vous ?

– Libraire, confia-t-elle, laissant traîner ses doigts dans le sable. Je n'aime pas trop que l'on martyrise les livres, du coup.

Elle sortit une enveloppe et la glissa en guise de marque-pages. Avant, elle eut le temps de lire : « Boris Ricourt. 19, rue Gubernatis, NICE. »

Elle lui tendit le livre :

« C'est mieux comme ça. Sinon le dos se casse et le livre est déformé. On a l'impression de tenir en main un pantin désarticulé... Non, il faut vraiment éviter. Promis ? »

Oui, s'ils s'étaient rencontrés au même âge, leur échange aurait pu ressembler à ça. Ils seraient devenus amis et auraient refait le monde sur les plages de l'Ouest. Cette pensée lui plaisait.

Sa manière juvénile de demander pitié pour le livre… Elle avait l'air de tellement y tenir ! Et lui aurait fait n'importe quoi pour répondre à cette urgence-là, dénouer l'inquiétude sur son visage. Petite fille, elle s'occupait déjà des livres de la maison : elle les classait, les rangeait, les couvrait, gommait les griffures de crayons, elle tenait même un registre avec mention des emprunts dûment tamponnés.

S'en souvenait-il ?

Elle plongea ses yeux dans les siens, comme quand elle était enfant, essayant de déceler un signe, un indice. Même en se concentrant très fort, rien ne vint. Alors elle renonça, ferma les yeux. Quand elle les rouvrit, il n'était plus là. Le vent avait soufflé l'image de l'homme au livre renversé. Il s'était dissous dans le souffle roux du sable. Son odeur flottait encore. Le poids de son assise avait creusé une forme imprécise dans le sable. Encore une bourrasque, et même cette empreinte disparaîtrait. Ne resteraient plus que ses questions sans réponses. De plus en plus de monde arriverait sur la plage. Les vagues rouleraient plus vite. Les enfants planteraient leurs pelles dans le sable, creuseraient des châteaux et des donjons éphémères dans un brouhaha incessant, et toute cette agitation paralyserait ses souvenirs, empêcherait que le mirage de son père revienne s'asseoir près d'elle.

Il faudrait attendre un autre matin, un autre moment de latence, une brèche dans le bourdonnement des journées d'été. L'espace et le temps figeraient une bulle où il lui apparaîtrait à nouveau, dans un demi-songe.

Juste avant de quitter la maison de Boris, Claire avait amassé à la hâte dans son sac à dos des papiers, des lettres, quelques petits objets personnels. Un élan presque vital la poussait à retrouver chaque pièce du puzzle et les assembler une à une pour recomposer cette vie partie en fumée. Dans le bureau, elle avait fouillé froidement les tiroirs, sans réfléchir, à la manière des somnambules qui ne savent pas ce qu'ils font. Soudain, toutes ces choses inanimées qu'elle avait toujours connues avaient brillé d'un éclat singulier, et l'avaient poussée à commettre ces larcins. Pouvait-on seulement parler de cleptomanie pour des objets de son enfance ? Claire prit ce qui lui tombait sous la main, au petit bonheur la chance, sans pouvoir se restreindre, à la manière des glaneuses des temps anciens qui amassaient le blé et les pommes de terre dans leur tablier après le passage des machines. Claire se sentit le devoir de glaner ce que toute une vie avait récolté.

Du temps où Boris était vivant, elle n'aurait certes jamais osé y toucher, et maintenant qu'il était mort, elle avait le sentiment qu'ils lui revenaient de droit. Qui d'autre ? Arthur ? Non, son frère ne méritait certainement pas les Dunhill de Boris. Il ne s'intéressait à rien qui puisse venir de leur père tant sa colère lui brouillait la vue. Arthur n'avait pourtant pas toujours été froid et distant. Quelques images lui revenaient par bribes. Des souvenirs de jeux d'Indiens et de cabanes dans les arbres, d'histoires lues sous la couette avec lampe torche quand son père rentrait tard, d'une poupée offerte pour ses huit ans avec son argent de poche. Oui, il avait un temps joué le rôle du grand frère protecteur. Et puis, l'adolescence. Et puis, l'inépuisable aigreur envers et contre tous. Arthur avait refermé sa coquille et promenait son regard noir sur le monde. Jusqu'aujourd'hui où ils avaient atteint cet âge que l'on nomme pourtant « adulte ».

La robe de chambre bleu azur de son père était posée sur une chaise. Claire se souvenait que Boris la portait au moment de sa mort. Le personnel des pompes funèbres avait dû la lui ôter et la laisser là. Claire s'était dit que la robe de chambre était l'habit du vulnérable, du fragile. Rien à voir avec son père, l'homme solide et rieur, qui avait toujours les solutions à tout. Son père en robe de chambre, c'était l'image la plus désolante qu'elle gardait de lui. Un enfant malade. Elle voulut jeter l'habit de la désolation. Mais elle ne put s'empêcher de humer l'odeur encore imprégnée sur le tissu. Elle pressa l'étoffe contre elle, puis elle la revêtit. Ultime étreinte. Ce fut là, en glissant les mains dans ses poches, qu'elle trouva une boîte d'allumettes et la carte d'Irène. Elle avait voulu y voir un signe. Son père lui avait laissé un dernier message, une piste à suivre. L'histoire de Boris Ricourt ne s'achevait pas encore. Claire avait glissé la carte dans sa poche et refermé le sac, en sachant qu'après avoir repris des forces, un jour viendrait où elle se sentirait capable d'ouvrir la boîte de Pandore. Car il ne suffit pas de glaner. Encore faut-il éplucher les fruits du glanage.

Quelques années auparavant, Boris et Claire avaient visité Paris. Elle avait vingt ans et ils étaient retournés dans le quartier de ses vingt ans à lui. Vavin, l'École spéciale d'architecture, les cafés. Une lueur s'était allumée dans son regard. Il montrait les façades. Un tel habitait cet immeuble, tel autre « créchait » là. Ici, les premiers coups de crayon, les premières paies. À cette terrasse, les retrouvailles avec ses amis. Claire essayait de suivre mais ne retenait presque rien. Les prénoms, les adresses s'étaient effacés d'emblée de sa mémoire. Elle ne se souvenait que de cette flamme dans les yeux de son père, qui revivait pour quelques heures sa jeunesse parisienne. Claire s'en voulait à présent d'avoir si peu imprimé ses souvenirs. Elle avait sans doute pensé qu'elle aurait du temps pour cela, plus tard.

Boris n'avait pas tout raconté, il avait laissé de larges béances dans le tissu de son histoire. Des secrets, des mystères, une pudeur. À présent, Claire ouvrait les enveloppes trouvées dans les affaires de son père comme une voleuse, pilleuse de souvenirs. En quelques minutes, on pouvait commettre un larcin sans éprouver le moindre remords. Une nécessité. Elle inventait du sens au coup du sort qu'elle subissait de plein fouet, et ces pochettes renfermaient des traces, des indices; quelque chose qui restait du temps où il était vivant et bien vivant, galvanisé par le souffle de la jeunesse. Son père avait été avant tout ce jeune homme, beau, rieur, aimé.

Une photo, surtout, avait attrapé l'essence de son être. Une chance! De profil et à contre-jour, presque floue, en dégradés de gris, elle n'en était pas moins sa préférée. D'un simple regard, elle retrouvait son père. La découpe de son visage soulignait ses traits délicats, les bosses et les creux du nez, de la bouche jusqu'au menton. Une tache plus foncée indiquait l'existence d'un collier de barbe. L'œil rivé sur la table, le buste penché sur son ouvrage, les doigts repliés sur la règle d'un côté, tenant le crayon de l'autre, l'attitude mimait le labeur à la perfection.

À force d'observer cette photo, on entendait crisser la mine sur le papier calque. En arrière-fond: la fenêtre au bois blanc, un rideau à carreaux tiré sur la droite et un pan de bibliothèque où étaient rangées quelques revues d'architecture. Sa montre indiquait midi trente, ou bien six heures du soir. Comment savoir ? On ne savait pas, on devinait tout : le ronronnement de la ville qui s'apaise, le calme du moment studieux… Ou bien tout le contraire, il faisait semblant de se concentrer sur un ouvrage qu'il avait la flemme de terminer. Il prenait la pose de l'étudiant modèle, et la seconde suivante, quand le cliquetis de l'appareil photo retentirait, il se relèverait d'un coup, et son sourire moqueur signifierait « Je vous ai bien eus ! ». Dans la pièce, Serge avait pris le cliché. Il avait posé l'appareil sur un coin de table et déclaré venue l'heure de l'apéritif. Plus tard, ils seraient tous là autour d'un verre au Raspail Vert.

Elle vida le contenu du sac sur son lit, contempla ses prises de guerre éparses, comme autant d'objets hétéroclites et disparates, vestiges de cette vie qui n'était pas la sienne, mais dont elle était dépositaire. Elle avait pris des lettres, des photos, quelques objets qu'il affectionnait particulièrement, des documents administratifs, une vieille carte d'identité, le courrier d'appel au service militaire, quatre pipes en bois, un compas, quelques pastels, une gomme ronde usée, un bout de calque sur lequel étaient tracés des plans pour un chantier, un chapelet aux minuscules pierres blanches, une boîte d'allumettes. Nos trésors les plus chers sont si frêles. Un petit sac à dos suffisait à les emporter partout avec soi.

Elle disposa les objets sur le bureau de sa chambre d'hôtel, tria les correspondances personnelles d'un côté et les documents administratifs de l'autre, entreprit un classement chronologique. Par chance, Boris avait le goût des souvenirs, il avait conservé la plupart des enveloppes d'origine. Claire reconnut à plusieurs reprises l'écriture ronde et fougueuse d'Irène, elle les mit de côté et consigna sur le bloc de papier à en-tête de l'hôtel les adresses qui figuraient au dos des enveloppes, avec les dates des cachets de poste correspondants.

Deux adresses revenaient. L'une à Paris où Irène s'était fait adresser son courrier dans les années 1960. L'autre, qui figurait sur la carte postale, se trouvait à quelques kilomètres de là. Claire marqua d'un point rouge le plan de la région à l'adresse indiquée. Elle était prête.

4

La bande du Select, 1967

L'Alfa adhère parfaitement à la route. Sur ce tapis de velours, je remonte la France, du sud jusqu'au nord, sans retenue, sans résistance. La vitesse résonne dans mon crâne et raie tout. Je ne suis plus ni le fils ni le frère. Seule une chose comptera désormais : apprendre à sculpter la lumière. La beauté des paysages me saute aux yeux, me fait l'impression d'une matière que nous aurions à portée de main, à portée de vue, comme une pâte à modeler. Les couleurs et les reliefs varient avec adresse, et l'habitat suit le mouvement, conférant à chaque région, chaque contrée, son identité propre. Une phrase me revient à l'esprit : *L'architecture est un prisme à travers lequel l'homme regarde le monde.* Où l'ai-je lue ? Sans doute dans une revue. Cette phrase claque dans ma tête à mesure que je roule, sans doute trop vite, vers la capitale. Elle a dû s'imprimer dans mon esprit sans le vouloir, pour refaire surface maintenant, à l'aube de cette autre vie qui commence. Les heures défilent sur ces pensées qui surgissent au fil des bornes dans un long soliloque décousu, dans lequel se mêlent mes rêves et mes envies, mes ambitions et mes paresses.

J'arrive tard dans la nuit. Paris est une fille capricieuse qui me jette ses néons au visage, les lettres lumineuses des cinémas, les devantures chamarrées des restaurants. Partout, à chaque coin de rue, des jeunes gens de mon âge. Ils marchent vite, rient, se dandinent. Une vitalité inconnue semble les animer. Plus tard, j'aurai des repères dans ces rues, dans cette ville, j'en connaîtrai tous les angles, tous les raccourcis, je m'y promènerai avec la désinvolture des habitués, avec la gaieté des jeunes gens d'ici. Bientôt, je serai quelqu'un d'ici.

Je me gare boulevard Raspail et me dirige vers une perpendiculaire sombre où habite ma cousine qui doit m'héberger quelque temps. Il y a un mois, Véra m'a envoyé une lettre laconique : « Viens crécher chez moi, il y a de la place pour toi. » En dessous, elle avait croqué à main levée un plan du quartier. Les noms des rues formaient de jolies lettres bleues, une croix de la même couleur mentionnait soudain « c'est ici ». C'était drôle et charmant et cela m'avait semblé être une raison suffisante pour prendre ma décision. Je m'installerai chez elle, et puis je verrai.

Tout est à sa place, comme sur le plan de Véra. Pourtant, personne ne répond à la sonnette. Je l'imagine acceptant une invitation à l'autre bout de Paris avec un journaliste ou un danseur de tango, qui lui aurait fait oublier la venue de son cousin de province. Tout à fait le genre de Véra. Et si j'étais condamné à passer cette première nuit parisienne dans ma voiture ? Mais on finit par m'ouvrir. En montant, de la musique et des voix résonnent dans l'escalier. Véra est là, qui m'attend dans l'embrasure de la porte. Elle me tombe dans les bras et m'explique qu'elle a invité quelques amis.

– Je ne voulais pas que tu aies le bourdon d'avoir quitté le soleil !

Je ris. Sait-elle seulement combien il m'est excitant d'être ici ? Elle me présente à des tas de gens dont je ne retiens pas le nom. Ils sont étudiants pour la plupart, mais je devine aussi une femme plus mature, la quarantaine, qui fume des petits cigarillos. « Un professeur de la fac », précise Véra avant de la rejoindre. On me tend un verre rempli de gin et une cigarette. Je n'aime pas le tabac des cigarettes, mais je fais comme les autres. Les discussions s'animent. Je comprends qu'ils sont tous étudiants en sciences humaines, comme Véra. La soirée est celle de la dame aux cigarillos. Quand elle parle, tous écoutent. Véra est la première fascinée. Quant à moi, le gin et la route ont fini de m'épuiser. Le discours de la fumeuse de cigares n'atteint pas mon cerveau. J'ai l'impression de flotter. Qu'y avait-il donc dans ce pain d'épices ?

« Nos yeux sont faits pour voir les formes sous la lumière. »

C'est cette phrase du Corbusier qui m'a décidé à devenir architecte. Je démarre ces études, plein d'espoir. Mais l'espoir ne suffit pas toujours. Les premières semaines à l'École spéciale d'architecture me déçoivent profondément. Les enseignements théoriques s'enchaînent, rigides, abstraits, engoncés dans leur académisme. Sans doute faut-il en passer par là. Mais je me sens si loin des considérations de cet apprentissage. Nous passons le plus clair de notre temps à reproduire les plans des temples grecs, à décortiquer les techniques des arcs et des voûtes de la Rome antique. Nos professeurs s'extasient sur les colonnades, les aqueducs, les basiliques, les cathédrales, les édifices monumentaux. Qu'en est-il des considérations sur l'habitat actuel ? Je m'ennuie.

Ma vie sociale est nettement plus réjouissante que ces déconvenues purement scolaires. Je rencontre des types épatants. Nous faisons connaissance lors du bizutage organisé par les étudiants de dernière année. À tous les barbus dont je fais partie, un gage est donné : se raser la moitié de la barbe et se rendre en cours dans ce drôle d'apparat capillaire. Nos aînés ont fait le pari que nul ne se montrera ainsi dans les rangs. C'est ainsi que je rencontre Serge : nous sommes les deux seuls étudiants à avoir osé. Renvoyés dare-dare de l'école pour la journée, Serge et moi décidons d'user nos semelles sur les trottoirs du quartier. Très vite, quelqu'un nous rattrape.

– Vous avez bien mérité un petit remontant ! lance Gérald, étudiant de troisième année, avant de nous emmener quelques rues plus loin, au Select. Son oncle tient le café, avec sa femme.

– Et il ne dit rien quand tu sèches les cours ? hasardai-je.

– Penses-tu ! Il est à couteaux tirés avec mon père, alors aucun risque qu'il me balance. Et puis, le bougre a un cœur en or, il se mettrait en quatre pour moi.

Nos bourses d'étudiants ne nous auraient jamais permis d'entrer dans un café de ce genre. Mais avec ce nouveau comparse, les portes du Select s'ouvrent grand.

Gérald a la dégaine assurée, une sorte de nonchalance semble l'habiter, en même temps qu'un certain panache. Il porte toujours une fine cravate noire sur une chemise blanche dont il retrousse les manches aux trois-quarts, quel que soit le temps. Il n'a, semble-t-il, jamais froid. Ses gitanes suffisent à le réchauffer. Il les manipule avec soin, de ses longs doigts très fins d'aristocrate dont il taille les ongles au carré. Tout de suite, ses excentricités nous éblouissent.

Depuis ce jour, nous avons pris nos habitudes au Select. Nous sommes souvent rejoints par Félix, compagnon de service militaire retrouvé par hasard boulevard du Montparnasse, en école de pharmacie. Gérald joue le rôle assumé de l'aîné, jamais en reste pour nous donner quelques bons tuyaux. Souvent, un éclair passe : sa sœur Irène prend place avec nous, accompagnée d'une ou deux amies de la fac de sociologie où elle étudie. Nous venons ici après les cours pour parler de nos exposés et des jolies filles, faire des plans pour le prochain week-end. Les plus concernés commentent les dernières actualités politiques, les autres lisent, fument, croquent quelques caricatures bien senties de nos professeurs, certains fomentent des plans pour l'organisation d'une surprise-partie dans l'appartement parental… Le groupe adopte une géométrie variable en fonction des heures de la journée et des occupations des uns et des autres.

Même quand le café est plein, Nils, l'oncle de Gérald et patron du Select, nous garde notre table dans l'arrière-salle que nous aimons bien, à l'abri des regards. Comme il nous sait fauchés, il oublie souvent de nous donner la note quand il ne nous offre pas sa tournée ou ne nous fait pas crédit jusqu'au prochain argent de poche. Pour ma part, celui-ci tarde trop souvent à arriver, au gré des oublis de mon père. Il faudrait que je me trouve un petit boulot pour être plus à mon aise. Heureusement, ma mère glisse toujours un petit billet dans ses courriers. Ses lettres exhalent un parfum de lavande, l'odeur d'une maison propre et sage aux tuiles ocre bien ordonnées… bien loin de la chambre mansardée que je loue à ma cousine.

Margaux, la femme aux cigarillos, habite souvent avec nous. Véra l'héberge, au gré des infidélités de son mari. Elles entretiennent toutes les deux une relation ambiguë. L'admiration de Véra pour cette femme frise la dévotion, si bien qu'elle en devient effrayante. Les semaines où Margaux retourne chez son mari plongent Véra dans une détresse noire. Elle reste des jours dans sa chambre, porte close, sans sortir ni se rendre en cours. Quand Margaux revient, les retrouvailles sont passionnées, de sorte que la porte de la chambre de Véra reste tout aussi verrouillée. Bref, nous nous voyons rarement, bien qu'habitant sous le même toit. Ce qui n'empêche pas les boutades de mes comparses.

– Alors, comment se porte ton ménage à trois ? me lance Irène avec une pointe de défi.

– C'est la vraie vie moderne, ça ! réplique Gérald, l'air rêveur.

– Il faut tout de même faire preuve d'un peu d'endurance… s'aventure Serge, l'œil qui brille.

Tandis que je laisse ces phrases sans réponse, Irène me lance un regard sombre. Ses lèvres restent pincées. Pas envie de se joindre aux rires des autres. Elle bascule la tête légèrement en arrière en soufflant la fumée de sa cigarette. Irène a ce charme qui vous pique à vif. Et moi, une seule question m'obsède : à qui donne-t-elle le droit de passer ses doigts dans ses longs cheveux noirs qui ondulent à chaque mouvement ? Un de ces nombreux pseudo-intellectuels qui lui font la cour ?

Le genre « grosse tête sur deux jambes et pieds plats » ? Très peu pour elle ! La vérité est qu'elle en a ras-le-bol de ces intellos bien-pensants de gauche, de leur *chabadabada* et de leur soi-disant idéologie à propos de tout. On parlerait de caramels mous qu'ils trouveraient le moyen d'amener la discussion sur l'idéologie.

J'aime ses expressions drolatiques, sa façon de voir les choses, tranchée et impartiale. Quand on rencontre Irène, on se demande jusqu'où mènera cette urgence, tapie en elle, qui fascine et intimide tout à la fois. Irène veut tout et sans attendre. Ses études de sociologie éveillent son esprit. Sa vocation naissante la rend irrésistiblement rayonnante. Les champs sont vastes : inégalités sociales, éducation, famille, politique… Elle voudrait tout savoir, tout connaître, aiguiser son esprit et ses connaissances, se forger un avis sur tout. Et moi, je me sens démuni face à elle, ne sachant comment combler ses exigences, susciter son intérêt. Boris le rêveur reste transparent. Boris est calme, Boris est gentil, Boris est dans la lune. Tous ces mots que j'ai tant entendus et qui ont fini par me définir, je les hais mais suis bien incapable de me battre contre eux. C'est tout moi. Alors je reste calme et gentil et rêveur, et j'observe, impuissant, Irène me filer entre les doigts, tourbillonner dans Paris de bras en bras.

Une silhouette inconnue nous attend sur l'estrade de l'amphithéâtre. C'est un homme d'une quarantaine d'années, svelte, rasé de près, d'une élégance naturelle, le genre de types qui domine toutes les situations sans effort, légèrement désabusé, constamment une tête au-dessus de la mêlée. Bien loin des vieux briscards habituels. Il ne bouge pas, se tient de profil, tout entier tourné vers la fenêtre, le regard aspiré au-dehors, imperturbable, ignorant la masse d'élèves qui prend place bruyamment. L'automne brouille les pistes ce matin : les températures sont étonnamment douces, le soleil darde ses rayons, et notre nouveau professeur semble en profiter, visage offert, défiant presque l'astre dans un face-à-face sans merci. Les faisceaux lumineux percent la vitre pour tomber au beau milieu de l'estrade dans un rai net et précis. Le jeu de lumière a dessiné un contour doré, presque mystique, autour de son crâne.

Bientôt, tous les étudiants ont fini de prendre place sur les bancs de l'amphithéâtre et ils se mettent eux aussi à attendre. Une drôle de parade s'installe ainsi entre lui et nous où chacun attend le premier pas de l'autre. Nous remarquons alors en haut à gauche du tableau noir les lettres fines tracées à la craie : Monsieur Leprince. Le nom lui sied plutôt bien. Nous restons suspendus à ce déséquilibre, dans l'expectative de la rupture qui s'annonce, comme à l'aube d'un renouveau.

Enfin, l'homme se tourne vers nous, et, après avoir pris le temps de scruter chaque rangée, chaque banc, chacun de nous :

– Messieurs, cela fait maintenant trois mois que vous êtes étudiants en architecture. Alors, voici une question pour vous avant que nous commencions : qu'est-ce que l'architecture ?

De nouveau, le silence suspendu à ses lèvres.

– Personne ?

D'ordinaire, nos professeurs répondent eux-mêmes aux questions qu'ils nous posent. Ce sont de fausses interrogations, une simple figure de rhétorique pour introduire leur propos, puis déverser leur flot sur nos échines courbées.

– Personne ? répète-t-il.

Nous ne savons pas comment réagir. Les méthodes de ce Leprince sont-elles réellement différentes de nos autres professeurs ou bien est-ce un piège ?

– Vous voulez me faire croire que cette nouvelle promotion d'étudiants n'a rien dans la cervelle ? Bon, essayons autre chose : donnez-moi au moins le champ lexical de l'architecture. Ça doit bien être dans vos cordes !

Une main timide se lève :

– Construction.

– Un mot. Très bien, un bon début. Nous finirons peut-être par obtenir une phrase d'ici la fin de l'année.

Une vague de rires parcourt les rangs.

– Édifices.

– Chic, un deuxième mot ! Je sens que les progrès sont fulgurants.

Derrière le sarcasme, nous percevons l'encouragement et la bienveillance et bientôt les mots fusent, reportés à la craie sur le grand tableau : plan, proportion, échelle, maison, habiter, équerre, murs, compas, table, crayon, colonne, voûtes, arcs, espace, volume…

– Vous avez l'impression que l'exercice est enfantin et que votre nouveau professeur se moque de vous, reprend-il quand la liste s'épuise. Pourtant, il me manque deux mots. Deux mots essentiels pour comprendre votre métier.

Je tente : lumière.

– Votre nom ?

– Ricourt, Boris Ricourt.

– Très bien, Ricourt. Je vous écoute.

Ma bouche se transforme en une pâte molle, mes mains deviennent moites.

– Il me semble que certains architectes actuels disent que l'architecture est l'assemblage des volumes sous la lumière.

– Qui a dit ça ?

– Le Corbusier.

– Exact ! Mais vous, qu'en pensez-vous ? Car il ne se s'agit pas de se cacher derrière les autres pour avancer des idées !

– Je suis d'accord.

À l'instant où je prononce ces mots, je maudis mon manque de verve. Je me reprends :

– Je pense qu'être architecte, c'est rechercher le meilleur passage de la lumière. Sans cette recherche, l'architecture est une simple construction. Une imbrication de matériaux tout au plus. Comme dans les jeux d'enfants. En revanche, quand l'architecte optimise la circulation de la lumière, il révèle l'espace et le regard se porte sereinement.

Le professeur se dirige vers le tableau noir, prend l'éponge et efface tous les mots qu'il a écrits jusque-là. En grandes capitales, la craie égraine « LUMIÈRE ».

– « L'architecture est le jeu, savant, correct et magnifique des volumes assemblés sous la lumière », Le Corbusier, *Vers une architecture*, 1923. Retenez bien cette phrase ! La lumière agit comme un révélateur : elle rend visibles les volumes. Grâce à elle, les arêtes découpent l'espace, les formes éclosent, l'édifice naît et se module en fonction des heures. Si l'architecte joue « correctement » avec la lumière, sa construction se montre telle qu'il l'a pensée en la dessinant. S'il pousse plus loin l'exercice et qu'il joue avec elle de manière savante, alors elle sublimera son travail.

Aucun enseignant ne nous a jamais parlé de la sorte depuis que nous sommes là. Nous avons ingurgité les techniques, recopié des plans en deux dimensions, appris les proportions des temples grecs et romains, étudié les perspectives des églises gothiques… Même la conception de maquettes en trois dimensions nous est interdite. On nous enseigne l'architecture comme on l'a fait depuis des siècles, sans révision du savoir, sans modernité. Tant de points de vue si loin de nous et de l'habitat d'aujourd'hui. Pourquoi les paroles de Leprince résonnent en moi de manière si familière ? Il exprime des convictions intimes dont je n'avais pas encore une idée consciente ni précise.

Je repense à la clarté de ma ville bien-aimée, à la façon dont le soleil éclabousse les façades des immeubles, détache les perspectives, suscite les émotions à chaque coin de rue. Toutes ces heures de déambulation m'avaient conduit ici, dans cet amphithéâtre, devant ce professeur qui me révélait ses secrets comme si j'eusse été dans l'antichambre noire de l'architecture.

– La lumière n'est pas la seule matière première de l'architecte, continue notre mystérieux professeur. Il y en a une autre.

Quelques-uns tentent leur chance : le béton, l'acier, le verre, le bois… Leprince les réfute tous. Quand nous avons épuisé toutes les possibilités, il déclare, tout sourire, triomphant : « LE VIDE ».

Un murmure d'étonnement traverse la salle tandis que notre professeur savoure son effet.

– Oui, l'architecture est l'art de modeler le vide ! Les matériaux de construction que vous me citez ne servent qu'à définir les contours du vide qu'il rend ainsi palpable et libre d'exister.

– D'ailleurs, plus un appartement contient de vide, plus il est cher, me chuchote Serge à l'oreille en ricanant.

– Quand on dessine le plan d'un bâtiment, on ne fait que délimiter le vide, l'espace intérieur où des gens circuleront, mangeront, travailleront, danseront… et que sais-je encore ? Bref, cet espace que vous dessinerez toute votre vie d'architecte, c'est bien le principal critère du jugement esthétique que les autres feront de votre travail. Le vide et la lumière. Et précisément, la lumière donne vie au vide et le sublime, en accompagnant le regard, en le modulant au fil des heures du jour. Il y a là une infinité de possibles à explorer. Plus vous serez habiles à travailler ces deux matières-là, plus vous serez habiles à les marier, à les métisser, plus votre travail sera admirable.

– Vous voulez dire que pour construire, il faut utiliser deux concepts sans matière ?

– C'est exactement cela ! s'exclame notre professeur, des étincelles à la place des pupilles. Le résultat de l'architecture est matérialité, statique, nos « volumes assemblés » dont nous parlions tout à l'heure. Et pourtant, deux choses immatérielles par essence entrent en jeu pour rendre lisible la matière. L'architecture est l'art de mettre en scène le vide et la lumière : d'abord en modelant le vide, ensuite en utilisant la lumière pour révéler les formes et l'espace, et créer l'émotion.

De nouveau, le silence, comme pour nous laisser le temps d'assimiler ce champ des possibles qui s'ouvre à nous, d'appréhender l'ampleur de la tâche qui nous incombe désormais.

– Pour la semaine prochaine, je veux que vous travailliez sur l'alliance du vide et de la lumière pour me proposer un projet d'édifice original qui puisse illustrer ce que nous venons de dire. Évidemment, les maquettes sont appréciées.

Je n'ai pas appris à saisir les flammes. Irène en est une.

J'échafaude mille stratégies pour me retrouver seul avec elle. Mais il est difficile de s'échapper du groupe, où son frère joue le rôle de tête de file.

Un soir pourtant, j'y parviens. Nous avons tous été invités à une surprise-partie, mais Gérald est cloué au lit par une mauvaise grippe. Une aubaine. Sans le regard du frère, j'ai enfin la voie libre. Mieux encore, je décide de passer un coup de fil à Gérald pour proposer d'accompagner sa sœur et de la ramener au bercail, comme il l'aurait fait lui-même. Ainsi pourrais-je me rapprocher d'elle sans éveiller les soupçons.

Erreur stratégique, évidemment ! En arrière-fond, j'entends Irène qui hurle : « Dans quel siècle vous croyez-vous ? Qu'est-ce qu'ils croient tous, ces mâles à la gomme ? »

Elle a dû arracher le combiné à son frère car, soudain, sa voix éclate tout près, parfaitement nette :

– Pourquoi tu ne me demandes pas directement ?

– Parce que je suis un « mâle à la gomme ».

Elle marque un temps et éclate de rire. L'humour est l'art de prendre la tangente en toutes circonstances. Il vous sort des situations les plus mal embouchées, rattrape les malentendus et désarme les imbéciles. Si vous n'avez pas le physique de Belmondo ou le talent de Gainsbourg, faire rire est votre unique salut.

Pour séduire Irène, il en faudra plus. Quand je viens la chercher, on m'annonce qu'elle est déjà partie.

Je la retrouve au milieu de la piste de danse. Elle porte une robe de Paco Rabanne. Oui, celle en lamé ! J'apprends qu'un de ses amis travaille chez le célèbre couturier et a subtilisé la robe pour l'occasion. Ma proposition de chaperonnage semble bien ridicule à côté. Tout le monde la regarde.

Irène se ressert du punch. Le rhum enivre. Son chaperon ne voudrait-il pas danser avec elle ? Elle se moque gentiment de moi, mais peu importe. Je saisis ses mains, la regarde droit dans les yeux, marque un temps en suspens avant de la faire tourner entre mes doigts, sans lui laisser aucun répit. Surprise par le rythme, elle vacille. Mais non, je ne la laisserai pas tomber ! Qu'elle se détende et suive le mouvement ! Si elle serre suffisamment ma main, elle ne tombera pas. Le lamé clignote à chaque tour dans la lumière. Je ne la laisse pas reprendre son souffle. Elle ferme les yeux. La rapidité avec laquelle nos corps se touchent ne laisse que l'impression du contact. Le désir s'attise et s'échappe aussitôt. À l'urgence d'Irène, je réponds par une impatience qui s'installe entre nous, affole puis s'évanouit. Torture. Tandis que je l'enlace par la taille, la robe me cisaille les phalanges. Elle abandonne ses escarpins sur le côté. Sa main me retient encore plus fort.

Elle n’a plus peur. Irène est une étoile qui tournoie sur la piste.

Mais les étoiles, c’est bien connu, filent dès que la musique change de tempo.

5

La rencontre

Je la repère de loin, ma Clairette, assise en tailleur face à l'océan. Son dos frêle, immobile. Ses cheveux longs et raides, blondeur innocente offerte au vent. Elle tient ses genoux entre ses bras. Pose parfois son menton, comme si une fatigue l'accablait. Un ennui… une mélancolie ? De loin, dans cette position, elle redevient ma petite fille de six ans, recroquevillée au bout du monde à cause d'un chagrin d'enfant. Et moi, en bon génie, d'un souffle, je sécherais ses larmes. N'est-ce pas ce que j'ai toujours fait ? N'est-ce pas ma seule mission sur cette terre ? Comment supporter que les règles du jeu aient changé, que tout soit à présent plus grave, impérieux et définitif. Le bon génie ne pourra plus rien réparer.

Elle se lève, marche d'un côté puis de l'autre. Ses pas vont au hasard, sans but précis. En la regardant errer sur le rivage, balayant le sable du bout du pied, comme l'enfant qu'elle a été autrefois, je me demande si l'océan sera assez puissant pour repousser au loin ses cauchemars.

L'inquiétude pince violemment mon cœur au fur et à mesure que j'approche. Ses démons jouent dans le mouvement des vagues, ils restent au bord, ne s'aventurent pas trop loin d'elle. Si seulement je pouvais les noyer pour de bon. Mais je ne suis plus rien. Plus rien qu'une ombre, un souffle. Juste bon pour les songes.

Je me mêle à la brise et j'arrive dans son dos, caresse sa nuque qui aussitôt se balance, à gauche, puis à droite, puis encore à gauche, confuse. Elle est plongée dans ses rêves et je vais m'y couler. Lui parler, j'en ai rêvé moi aussi.

Soudain, elle comprend. Son sourire bienheureux éclabousse l'image. Comme toujours, je n'ai pas manqué le rendez-vous. J'ai deviné le moment. Je devine toujours. Elle plante son regard dans le mien, comme au jour de sa naissance, pupilles dilatées comme un appel implacable. D'emblée, cet enfant avait tatoué mon âme. Un lien invisible s'était noué entre nous, résistant à tout. Un pacte avait été scellé qui nous avait poussé irrémédiablement à être l'un pour l'autre cette présence rassurante, cet appui indéfectible quelles que fussent les tempêtes que la vie soufflait sur nous.

Trente ans plus tard, au fond, rien n'a changé.

Elle sentit son pas derrière elle, tourna son visage. Ses lèvres s'entrouvrirent, laissant apparaître ses jolies perles blanches qui éclatèrent dans le soleil.

« Tu es venu ! », s'exclama-t-elle tout haut, avec le sourire béat de celui qui a vu un mirage.

Elle voulut continuer à parler, pour le retenir.

« Il paraît qu'il n'y a pas eu un mois d'août aussi beau depuis un bail… On pourrait presque croire que j'ai de la chance ! »

Le mirage resta muet. Ils marchèrent un moment le long de la promenade qui bordait la plage. Elle se sentait lasse, peinait à mettre un pied devant l'autre, comme si son corps était de plomb. Elle aurait aimé qu'il la tienne dans ses bras, mais il ne fallait pas en demander trop à un mirage. L'après-midi s'étirait lentement. Des familles commençaient à plier bagage. Un enfant se mit à souffler des bulles. Il agitait le tube, ressortait la tige en plastique orange, ruisselante de savon, ses joues se creusaient et les globes se formaient un à un, clonés par dizaines. Chacun suivrait sa trajectoire. Tous semblables et pourtant tous dispersés dans les airs sur des chemins différents. L'enfant ne savait plus où donner de la tête, aurait voulu n'en manquer aucun. Enchantement de l'enfance. Mais il fallait bien en abandonner certains, qui iront seuls, détachés de tout déterminisme.

Autrefois, elle aussi venait avec lui vider les tubes sur une promenade semblable à celle-ci. Les cheveux fatigués de soleil, les robes à volants, les sursauts de joie chaque fois qu'une bulle éclatait… Le souvenir glissait entre eux. Nul besoin de dire. Les mots encombrent plus qu'ils ne lient. Les êtres proches n'ont besoin que d'une chose : se tenir côte à côte et laisser défiler les images défraîchies de leurs souvenirs. Ceux-là, Claire les connaissait par cœur. Désormais, elle s'était mise en tête de conquérir tous les autres souvenirs de Boris qui lui avaient échappé de son vivant. Tous ceux où elle n'avait pas été présente. Tous ceux qu'il lui avait cachés, par pudeur, par nécessité, mais qui avaient constitué sa vie autant que les autres.

Quand les parents meurent, on a comme une soif de leur passé. La clé de voûte se trouve dans cette question : comment étaient-ils jeunes ? Comment ont-ils construit leur vie d'adulte ? Comme s'il y avait là quelques secrets pour soi-même, nous qui vivons cette séquence-là de l'histoire. Comme si le passé de nos parents pouvait nous éclairer sur les choix présents que nous avons à faire. Cette question, lancinante : comment étaient-ils au même âge ? Que voulaient-ils ? À quoi rêvaient-ils ? Quelles routes avaient-ils failli emprunter ?

Sentir du bout des doigts à quel point la vie tient à peu de choses.

Claire voulait creuser cette autre mémoire. Pas la leur, commune, qu'ils avaient partagée. Mais plutôt la sienne, à lui, antérieure à sa naissance, celle qu'elle ne lui connaissait pas, ou alors en pointillé, par bribes, du temps où il pouvait encore lui raconter. Il y avait surtout, parmi tous ses souvenirs à lui qu'elle ne pourrait plus interroger, la conquête de la liberté à l'aune de ses vingt ans, des études pour apprendre à construire quand la société tout entière bascule. Elle aurait tant aimé vivre cette époque, donner un autre sens au mot « liberté ». Lui aurait pu lui dire comment faire. Lui savait. Mais l'ombre restait désespérément muette. Il faudra tout imaginer, inventer la vie qui avait été la sienne et qui avait nécessairement échappé à sa fille. Comment pouvait-il en être autrement ?

Claire scrutait la photo de l'étudiant, cherchait le moyen de la faire parler. Le regard de biais, la pipe coincée entre ses dents, sa barbe rousse flamboyante au soleil. Un roux très foncé, tirant sur l'auburn, un marron acajou aux reflets multiples. Regard rieur. Pull blanc tricoté. Il aurait pu venir d'Irlande, ou de toute autre île nordique. Mais il était né dans le Sud de la France, sur les pourtours de la Méditerranée. Il tenait d'une main la pipe, accoudé à la table de dessin. Il riait dans le rayon de lumière qui coupait la photo en deux.

Il avait vingt ans, il était étudiant. C'était son père. On peinait à imaginer qu'il n'avait que vingt ans. Lui non plus n'échappait pas à la règle selon laquelle les jeunes d'avant faisaient plus vieux que leur âge. Comme si une sorte de filtre leur donnait un aspect plus mature. Une partie d'eux avait déjà basculé dans l'âge adulte.

Entre ses doigts, Claire triturait ce temps où il avait existé avant elle, images presque irréelles qui lui échappaient et qui pourtant, elle le sentait, avaient le pouvoir d'expliquer bien des choses sur cet « après » qu'elle avait connu. Ces bouts de papier formaient la genèse illustrée de sa vie : la douceur de son enfance s'était dessinée là, déjà, dans le visage éclatant du père. Claire regardait la photo à s'en faire mal aux yeux. Elle les ferma pour soulager la brûlure.

Quand elle les rouvrit, il était là, tout près d'elle. Depuis qu'elle répétait l'exercice, elle y parvenait de mieux en mieux. Au début, elle s'était sentie si esseulée, si vulnérable, qu'il lui avait fallu trouver un moyen de le rappeler à elle. Il apparaissait tel qu'il était sur la photo. Souriait. Faisait claquer une pipe entre ses dents. Il apparaissait sans que rien d'autre ne se passât. Il ne parlait pas. Un fantôme muet, gardant sa recette du bonheur.

Il fallait rouler trente kilomètres pour atteindre la ville mentionnée sur la carte d'Irène. L'adresse se situait dans le quartier nord, rue des Rosiers. Irène avait écrit d'ici en 1995, à l'âge de quarante-cinq ans. Claire en avait onze, son frère quinze. Elle essaya de se remémorer le jour de cet anniversaire, mais aucun souvenir ne lui revenait.

Vingt ans s'étaient écoulés.

Claire roula un moment à travers les rues, prit le pouls de cette ville qui ressemblait en tous points à T. Même ambiance un brin surfaite des cités balnéaires, affichant un peu trop d'éclat l'été et plongeant dans un demi-sommeil toute la saison que l'on appelle « morte ».

Depuis le trottoir d'en face, Claire observa le grand immeuble bourgeois, scruta les six étages, imaginant Irène derrière l'une des fenêtres. Cette image ne correspondait en rien à l'idée qu'elle s'en faisait. La comparse de jeunesse de son père ne pouvait qu'être bohème, portant de grandes jupes fleuries, les cheveux ramassés en chignon, avec des chats qui lui couraient autour et une longue cigarette pincée entre les lèvres. Rien à voir avec ces murs froids, balcons proprets, hautes fenêtres impeccables, dorures et moulures. Pourtant, Irène avait habité là dans les années 1990, ou du moins y avait-elle fait adresser son courrier. Peut-être avait-elle eu une sorte de garçonnière ici, où elle recevait Boris et d'autres ? Depuis le jour où elle avait trouvé la carte postale dans la poche de la robe de chambre, Claire essayait d'imaginer le genre de femme qu'elle pouvait être. L'inconnue de la carte serait nécessairement belle, très belle, son charme magnétique aurait séduit les hommes et les femmes confondus, Irène serait libre, affranchie des conventions, son regard percerait les cœurs et subjuguerait les âmes.

Une question en filigrane : à quel point son père avait-il été sous sa coupe ?

– Vous cherchez à acheter ?

Une voix avait surgi, interrompant le cours de ses pensées. Claire sursauta. Elle n'aimait pas être dérangée pendant qu'elle rêvait. Un homme se tenait à l'entrée d'une petite boutique que Claire n'avait pas remarquée. C'était une herboristerie à l'ancienne.

La vitrine présentait un fouillis de boîtes à tisane, de plantes en bocaux, de remèdes en tous genres, avec des pancartes et présentoirs publicitaires défraîchis. Depuis combien de temps n'avait-on pas renouvelé tout ce fatras ?

Quitte à être dérangée, Claire saisit l'occasion d'interroger le curieux.

– Acheter, pas vraiment, répondit-elle. Je cherche quelqu'un qui a habité ici, il y a longtemps.

L'homme la toisa de haut en bas. Il devait être inhabituel que quelqu'un arrive dans le quartier, à la recherche de vieilles connaissances.

– Je suis la nièce d'Irène Chemin, lâcha-t-elle, elle-même surprise par son mensonge.

– Irène Chemin…

L'homme semblait faire des efforts considérables pour sonder sa mémoire, chasser le brouillard du temps. Tout à coup, un sourcil se releva.

– J'ai bien connu une madame Chemin qui habitait ici ! reprit-il.

Un espoir !

– Mais elle ne s'appelait pas Irène…, ajouta-t-il.

Il sembla plonger de nouveau dans les confins de ses souvenirs.

– Louise ! déclara-t-il enfin. Oui, Louise : une très vieille dame, morte il y a quelques années. Une bonne cliente.

– Sa fille a peut-être gardé l'appartement…, hasarda Claire.

L'autre ne répondit pas. Il restait là, sur le pas de sa boutique, semblant attendre la suite sans se soucier du malaise qu'il suscitait.

Dans son dos, Claire sentait l'incommodante présence de cet inconnu qui l'épiait. Un nouvel habitant sortit de l'immeuble, Claire s'engouffra dans son passage. La porte claqua derrière elle, ses pas résonnèrent dans le grand hall froid. Claire avait la désagréable sensation que l'homme d'en face surveillait toujours la porte de l'immeuble et guettait son retour.

Elle lut les noms sur les boîtes aux lettres en bois alignées contre le mur d'entrée. Des noms qui ne lui disaient absolument rien. Irène s'était peut-être remariée entre-temps et avait changé de nom ? Ou bien elle avait préféré recevoir du courrier chez une tante ou une connaissance plutôt que chez elle, par discrétion.

Une seule solution : frapper à toutes les portes et poser la question fatidique. Les réponses négatives s'égrainaient invariablement jusqu'à ce qu'une vieille dame descendît l'escalier. Elle fronça les sourcils dès qu'elle la croisa, assise sur une marche, avec son air épuisé et son sac à dos tenu serré contre elle. Claire voulut prendre les devants pour désamorcer la méfiance de son interlocutrice, mais l'effet fut totalement inverse. Dans l'affolement, celle-ci lui aboya dessus, la sommant de partir sur-le-champ. La mendicité et les démarchages publicitaires étaient interdits ! Il fallait arrêter d'importuner les braves gens ! Et toute une série de poncifs éructa de la bouche de cette vieille folle.

Claire dévala les escaliers en pensant qu'elle avait fait tous ces kilomètres pour se faire chasser par une vieille folle dans un hall d'immeuble surveillé par un type louche qui passait ses journées à guetter les allées et venues sur son trottoir. Elle courut à travers les rues jusqu'à avoir une crampe au ventre. Elle se retourna, personne ne la suivait. Les vociférations de la vieille dame semblaient loin derrière elle. La seule et unique piste qu'elle tenait venait de tomber à l'eau. Comment avait-elle pu parcourir des centaines de kilomètres poussée par une seule vieille carte postale ? La chute était amère.

Elle s'assit sur le rebord d'un muret, sentit poindre le découragement comme une lourde lassitude qui venait s'appesantir sur ses épaules. Son ventre tiraillait. La moiteur ambiante étouffait le moindre filet d'air. Elle repensa à la jolie ville du Sud, au goût du sel sur ses lèvres à l'approche de la baie des Anges. Elle avait quitté ce décor calme et tranquille, ses repères, ses piliers pour atterrir dans une impasse. À aucun moment, elle n'avait douté de pouvoir retrouver Irène.

Un passant s'approcha d'elle.

– Vous avez du feu?

Elle repensa à la boîte d'allumettes trouvée dans la poche de son père, avec la carte. Elle l'avait gardée machinalement, en souvenir. L'homme reconnut les inscriptions. Des allumettes du Select? Si elle voulait, ils pourraient y prendre un verre tous les deux. Claire ne comprenait pas: le Select était un café parisien.

– Sans doute, répondit l'inconnu, mais ces allumettes viennent d'un café bien d'ici, un peu plus loin sur la plage.

Un sourire irradia le visage de Claire, qui sauta du muret et fila dans la direction indiquée par le passant.

Le Select arborait une devanture d'un mordant carmin. La terrasse d'été continuait à accueillir quelques clients. Dans quelques semaines, le vent du nord arriverait, les premières brumes feraient pâlir les couleurs par petites touches jusqu'à l'automne. Claire serra fort la carte postale entre ses doigts. Les bords, bien qu'usés par le temps, cisaillaient ses phalanges. Tambour sourd dans sa poitrine. Elle arrêta de réfléchir et entra.

Le joyeux bruit des vacanciers la surprit, elle qui avait perdu l'habitude de la gaieté du monde. Toutes les tables étaient prises. Elle crut un instant vaciller, puis se ressaisit et se dirigea jusqu'au comptoir, où elle prit place sur un des hauts tabourets parmi les habitués qui tournaient le dos aux touristes. Elle chercha des yeux une possible Irène. Derrière le comptoir œuvrait une jeune fille d'une vingtaine d'années, coiffée comme une lycéenne, queue de cheval haute, frange droite, petit tablier en jean. En salle non plus, personne ne correspondait à Irène. Claire trempa ses lèvres dans son café, se massa les tempes avec l'index, puis happa le regard de la serveuse.

Si une certaine Irène Chemin travaillait ici? C'était même la patronne! Elle reviendrait d'une minute à l'autre, partie faire une course. Claire se figea. Le ton nonchalant de la jeune femme la fit douter d'avoir bien entendu la réponse. Une table au fond venait de se libérer. Elle fit signe qu'elle s'installait en salle, commanda des œufs et laissa arriver jusqu'à elle les conversations alentour. Puisqu'il fallait attendre, elle se mit à griffonner machinalement sur la nappe en papier, à croquer les gens autour d'elle, comme son père en avait l'habitude.

Qui pourrait-elle être? À quel point faudrait-il se forcer pour voler leur vie? Cette étudiante qui, distraitement, faisait tourner des mèches autour de son doigt? Elle s'appellerait Anaïs et étudierait la psychologie. Ou bien cette dame qui arrivait, un cabas d'une enseigne bio sous le bras, simplement vêtue d'une jupe en lin, d'un débardeur blanc à fines bretelles et de tropéziennes? Elle serait Hortense l'écolo. Ou encore cette autre, installée en terrasse, blouson en cuir, piercing, rouge flamboyant aux lèvres, qui allumait d'un geste sûr une cigarette tirée de sa poche? Les volutes s'écrasaient sur la baie vitrée, entre elle et Claire. Elle eut envie d'en humer les vapeurs âpres. Pourrait-elle être de ce genre-là? Sûre d'elle, un brin sauvage ? Les inconnus sont des successions de clichés qui donnent des envies d'infiltration.

En portant la tasse à ses lèvres frémissantes, elle aperçut son reflet dans la vitre du café, mit du temps à se reconnaître tant la lumière mangeait les contours de son visage. Il manquait des pans entiers de sa joue, son bras. Son cou n'était pas dessiné. Claire eut l'impression que sa silhouette avait adopté une nouvelle forme, comme si on l'avait redessinée, gommé les angles, adouci ses traits.

À mesure qu'elle dessinait, une chaleur se répandait en elle. Au moins tout n'était pas perdu : le dessin était toujours une ressource sur laquelle elle pouvait compter. Claire se demandait comment elle avait pu vivre ces dernières semaines sans tenir un crayon entre les doigts. Le manque était survenu d'un seul coup, impérieux, saisissant. Quand elle n'avait pas de cartons à déballer ou des factures à régler, c'est ainsi qu'elle occupait son temps à la librairie, entre deux lectures.

Sous la caisse, elle rangeait des cahiers de toutes tailles. Aux heures creuses, elle en choisissait un au hasard et griffonnait. Parfois des portraits des clients flânant entre les rayonnages, parfois des personnages de romans tels qu'elle se les imaginait, ou bien elle recopiait des phrases piochées çà et là dans ses lectures, qu'elle assortissait d'une illustration. Ce melting-pot n'appartenait qu'à elle. Patrick Modiano y côtoyait Philip Roth et Marguerite Duras, les mots de Jean-Philippe Toussaint croisaient ceux d'Edgar Poe. Il était plaisant de provoquer ces rencontres factices entre ceux qu'elle admirait. Cet assemblage hétéroclite produisait un ensemble pourtant cohérent. Claire essayait de reproduire les sublimes couvertures des livres d'Aki Shimazaki, en inventait d'autres pour les ouvrages qui n'avaient pas eu cette chance et qui auraient mérité un meilleur faire-valoir. Elle recopiait ici un dessin de Sempé, là une scène d'un quartier japonais de Jirô Taniguchi. Elle se plaisait à composer ces morceaux choisis de plumes et de pinceaux qu'elle admirait. Un peu comme un herbier. Au fond, les deux arts se ressemblent. Comme deux cousins, il s'agissait de rendre compte de tranches de vie dont ils étaient les greffiers.

Quand la nappe fut saturée, on lui déposa un bloc de papier sur la table et un crayon taillé au couteau.

– Ne vous arrêtez pas.

Claire leva les yeux avec étonnement. En ces quelques jours de solitude, elle avait perdu l'habitude que l'on s'adresse à elle. Et voici qu'en prime, on lui tendait un cadeau, le meilleur des cadeaux que l'on puisse lui faire. Parfois, il se produit cet étrange phénomène : un inconnu vous tend la main et vous redonne l'oxygène dont vous ne soupçonnez pas avoir besoin.

La bienfaitrice la regarda de ses yeux soulignés de noir. Elle avait un visage rond et doux, des cheveux châtains, volumineux, remontés en un chignon à la Bardot. Sa robe aux motifs indiens faisait penser aux accoutrements des *babas cool*, soixante-huitards nostalgiques aux effluves d'encens pacifiques. C'était elle, évidemment.

Claire la regarda sans pouvoir répondre quoi que ce fût d'intelligible. Les larmes remontèrent à la surface et, armée d'un de ses crayons de papier, elle dessina, dessina, dessina. Les pages se remplirent dans le silence entendu de ceux qui repoussent à plus tard une conversation qui leur sera difficile.

Quand Claire vit les chaises empilées, remontées sur les tables tout autour d'elle, elle songea qu'elle était sur un radeau au large de la côte et qu'il lui faudrait beaucoup de courage pour nager jusqu'à la rive. Une serpillère faisait luire le sol. Ne restaient que sa table et sa chaise, devant la vitre, à gauche quand on entrait, juste devant le grand comptoir derrière lequel sa bienfaitrice essuyait les derniers verres.

– Ça va mieux ? demanda Irène.

Claire hocha la tête, bredouilla des remerciements. Elle ramassa ses affaires, déposa sa tasse sur le comptoir. En croisant le regard d'Irène, il lui sembla que son regard était humide lui aussi.

– Vous n'êtes pas du coin, je me trompe ?

– Je suis arrivée il y a quelques jours.

Claire déposa un billet pour régler la note.

– Ce n'est pas la peine.

– Non, j'insiste. Autrement, je n'oserai pas revenir.

– Dans ce cas... Revenez quand vous voulez ! répondit Irène en faisant tinter les pièces de monnaie sur le métal.

Claire planta ses yeux tendres et malicieux, comme si elle voulait figer son souvenir, un truc bien à elle qui attrapait les gens qu'elle croisait et les rendait fous d'elle.

Vous ne pouviez plus la lâcher.

Je connais si bien cette alchimie que Claire sait créer autour d'elle... C'est son sourire qui vous regarde.

Elle a ce petit air mélancolique, une douceur aux couleurs délavées dont on se sent responsable. On voudrait faire tous les efforts possibles pour raviver l'éclat de ce bonheur évanoui, mais avec le temps, la joie pure de l'enfance ne se ranime plus si facilement. Une part d'elle est perdue à jamais, et c'est le morceau le plus tendre, le plus juteux, le plus spontané qui disparaît en premier. Il s'envole quand on se rend compte qu'il a été le plus grand délice jamais éprouvé.

Dans le regard de Claire, il y a tout ça : le souvenir de la joie entière de l'enfance, son éclat et son évanouissement.

Irène ne s'y est pas trompée. Moi, le songe, j'ai vu l'intuition traverser son regard.

À l'heure où le rideau métallique du Select s'anime pour signaler l'ouverture du café, quelqu'un attendait Irène, immobile, serrant un petit sac à dos bleu sous son imper. La pluie de la fin août formait des ruisseaux sur le tissu, mais malgré cela, la silhouette ne bougeait pas, semblait attendre l'ouverture depuis l'aube, ou peut-être même était-elle restée là toute la nuit.

– Déjà de retour ?

Irène ne semblait pas étonnée de retrouver si vite la jeune femme aux dessins. En revanche, l'urgence qui embrasait son regard lui donna l'impression de quelqu'un sur le point de sauter à l'élastique. Elle lui fit signe d'entrer, installa deux tabourets hauts au comptoir. Pendant qu'elle faisait couler les deux cafés, Irène se demandait à quoi ressemblerait cette surprise, bonne ou mauvaise.

La fille lui disait vaguement quelque chose, son air un peu paumé l'avait émue hier, comme à son habitude de bon Samaritain. Mais ce cas-ci différait des autres, elle le savait. La jeune femme la dévisageait comme si elles se connaissaient, avec une pointe de défi et d'attente. Le percolateur s'arrêta net sur ces pensées. Irène se retourna, posa les deux tasses sur le zinc et fit le tour du comptoir pour venir s'asseoir à côté de l'étrange visiteuse, comme si elles avaient eu rendez-vous. Le silence prit place entre les deux femmes.

Il y avait le courage à rassembler et l'élan à prendre, avant que la phrase sorte d'une traite, sans préambule aucun. Un pansement qu'on arrache pour laisser la plaie à vif.

– Je suis la fille de Boris Ricourt. Il est mort.

Le visage d'Irène s'immobilisa. Elle baissa les yeux pour accuser le coup, porta sa main sur ses joues qui commençaient à trembler. Claire avait sauté dans le vide sans prévoir que la nouvelle qu'elle portait pouvait être aussi difficile à dire qu'à entendre.

– Vous ne saviez pas qu'il était malade ? ajouta-t-elle, adoucie.

– Nous n'étions plus en contact depuis plusieurs années.

Claire fut surprise par cette réponse. Comme pour tant d'autres, le temps s'était chargé d'espacer les contacts. On s'appelle moins, puis on ne s'appelle plus.

– Il avait pourtant votre carte dans sa poche quand il est mort.

Irène reconnut son écriture et la vue touristique qu'elle avait choisie à l'époque, cliché parmi d'autres, pour lui donner envie de la retrouver. La date, « mars 1995 », marquait la dernière fois où elle avait vu Boris. Les années avaient passé avec la pensée rassurante qu'il était là, quelque part, à repenser à leurs derniers moments ensemble. Chacun conservait en secret sa moitié de l'histoire et œuvrait dans l'ombre, pour que personne ne sache la vérité sur ce printemps 1995.

À force d'enfouir leurs souvenirs dans leur mémoire, il leur était arrivé, tous deux, de douter que cette période de leur vie ait bien existé. Ces quelques jours au bord de l'océan auraient été un mirage, un joli mirage, évanoui. Au moins, cette carte constituait la preuve tangible du contraire. La fille de Boris venait remuer le passé, preuve à l'appui, et ne tarderait pas à demander des comptes. Irène en éprouvait un certain malaise.

– Vous avez fait toute cette route pour venir me l'annoncer?

– Votre carte dans la poche de mon père, c'était un signe, répondit Claire, en ayant l'air de s'excuser.

– Moi aussi je crois aux signes, acquiesça Irène pour l'encourager. C'est idiot, n'est-ce pas?

– Je n'avais jamais entendu mon père parler de vous. Pourtant vos mots sonnaient si juste! Je me suis dit qu'ils venaient de quelqu'un qui avait dû particulièrement bien le connaître. Alors, il fallait que vous sachiez. Et moi, j'avais du temps…

Irène sonda encore quelques instants le visage de Claire. Une jeune femme à fleur de peau lui faisait face, désorientée par la mort de son père, qui s'était mise en quête de quelque chose pour tromper le chagrin. Mais que cherchait-elle vraiment? Le savait-elle seulement? Ce genre de fille préférait largement la quête elle-même à sa résolution. Irène en connaissait un rayon.

Elle en avait assez entendu pour se décider. Elle se leva, redescendit le rideau jusqu'en bas et colla une affichette avec le mot suivant: *Fermeture exceptionnelle ce jour*. Claire avait eu exactement le même geste en tirant le rideau de sa librairie quelques jours plus tôt. Son affichette à elle mentionnait « congés exceptionnels pour cause de deuil », sans préciser la date de retour. Elle s'était dit que le mot « deuil » l'en excuserait. On ne pouvait rien reprocher à quelqu'un « en deuil ».

À des kilomètres de là, une autre affichette se décollait au vent, gondolée par les pluies de la fin d'été.

Irène habitait à l'étage, au-dessus du café. Claire compta trois chambres, supposa l'existence d'un mari, des enfants, ce que les photos affichées au mur semblaient confirmer.

– Assieds-toi. Personne n'est là, on est tranquilles.

Irène avait désigné un fauteuil club aux bras dodus. Claire se mit à l'aise et attendit. Au loin, elle entendit que l'on farfouillait dans des tiroirs. Quelques minutes plus tard, Irène revint avec une épaisse chemise entre les mains, maintenue fermée par un élastique. Face à elle, Claire tenait une chemise similaire sur ses genoux. Leur mimétisme les fit sourire. Elles se regardaient, émues toutes deux de détenir chacune une partie du puzzle.

– Des souvenirs de Boris ?

– Des photos, des lettres… les vôtres, résuma Claire.

Irène avait des traits bien dessinés, qui faisaient fi du temps. L'année 1968 semblait s'être arrêtée sur elle. Elle était devenue femme à cette époque subversive, chaotique, libératrice. De sa jeunesse, elle avait conservé l'habitude d'un trait noir, élégant, sur la paupière, habitude dont la désuétude ne choquait pourtant pas aujourd'hui. Il avait été dessiné là pour toujours, comme le tracé du vol d'un oiseau. Elle considérait la vie sans la juger, et ce regard, profond et vrai, avait aimanté Claire. Ou bien était-ce seulement le trait noir sur ses paupières, évoquant le vestige de cette jeunesse qu'elle aurait tant aimé vivre elle-même ?

– J'ai rencontré ton père à Paris, commença-t-elle. Il était venu faire ses études à l'École spéciale d'archi – il aimait dire « archi ».

Claire hocha la tête. Certains détails installent d'emblée une connivence.

– Moi aussi, à l'époque, j'étais étudiante, continua Irène.

– En architecture ?

– Non. Sociologie. Mais c'est une autre histoire…

Irène chassa du revers de la main ce pan du passé, comme s'il ne fallait pas convoquer tous les souvenirs à la fois, seulement quelques-uns. Claire était à la merci de la mémoire d'une inconnue qui ne raconterait que ce qu'elle aurait envie de confier. Des morceaux choisis arbitrairement qui ne présenteraient qu'une version des faits parmi d'autres. Il valait mieux ça que rien.

– On était une bande de jeunes cons. On voulait tout connaître, tout savoir, tout découvrir. On se sentait invincibles. Il faut dire que c'était l'époque ! Mais Boris était à part. Plus taiseux que les autres. Plus doux. Plus mélancolique, peut-être ?

Irène chercha l'acquiescement de Claire, mais la jeune femme n'avait pas d'avis sur la question. Par définition, elle ne pouvait en avoir. Elle était même venue pour s'en faire un.

À partir de ce moment, sans le vouloir, Irène ne regarda plus tout à fait son interlocutrice dans les yeux, elle leva légèrement la tête, plongée dans ses souvenirs, elle parlait aux chimères qui avaient été sa vie il y a fort longtemps. Elle se plongea dans cette époque, partie en fumée avec ses rêves et ses joues fraîches.

Oui, Boris avait un coup d'avance sur eux tous. Gérald, le frère d'Irène, disait qu'il était en décalage avec son temps, comme s'il voulait vivre les choses de loin, notamment la période de révolte de Mai 68. Avec le recul, elle pensait qu'au contraire, il voulait concrétiser cette volonté de liberté que respirait la jeunesse de l'époque, la rendre tangible, matérielle. À ce titre, il se voulait probablement encore plus libre qu'eux. Pour lui, ce n'était pas une parole en l'air, encore moins un effet de style. Il voulait trouver le moyen de vivre libre et de matérialiser cette idée.

– Libre… répéta Claire. C'est vrai qu'il aimait être libre, vivre hors du rythme infernal, prendre son temps… Pourtant, sa vie n'a été ni exotique ni aventurière… Il ne visait pas les sommets.

– Les vies d'aventures ne rendent pas libres : je suis bien placée pour le savoir. De nos jours, tout le monde se revendique libre mais personne n'y parvient.

– Mon père était quelqu'un de simple, insista Claire.

Entendre une inconnue donner un avis tranché sur la vie de son père ne lui était pas aussi confortable qu'elle l'avait imaginé.

– Quelqu'un de simple avec un rêve compliqué ! trancha Irène.

– Le rêve de la carte ?

– Tout à fait : le rêve de la maison libre, sans toit ni cloison. En voilà une ambition ! Il était obsédé par cette idée.

– Il a fini par le réaliser, ce rêve. Vous saviez ?

Irène ravala un soupir que Claire ne sut interpréter.

L'atmosphère confinée du salon devenait oppressante. Aux fenêtres, d'épais rideaux laissaient à peine passer la lumière du jour. Tout un pan de mur était occupé par des étagères, lesquelles, remplies du sol au plafond, semblaient sur le point de s'effondrer, comme si un savant équilibre permettait de tout faire tenir et qu'au moindre geste, tout s'effondrerait à la manière des jeux de dominos en cascade. Un capharnaüm régnait partout : çà et là, des objets hétéroclites s'alignaient sans logique, rapportés des quatre coins du monde, des piles de livres posées à même le sol, une peau de mouton irlandais, des éléphants en bois de rose, plusieurs machines à écrire d'époques et de modèles différents, des coussins de couleur, des statuettes africaines longilignes et inquiétantes qui semblaient vous surveiller, des fleurs séchées dans des vases en étain, des pièces de monnaie de tous les pays dans un pot en terre. On avait réuni tous les continents en une seule pièce. Avec les effluves d'encens qui brûlaient, Claire aurait aussi bien pu se trouver chez une diseuse de bonne aventure. D'ailleurs, n'était-elle pas là pour ça ?

La pointe d'une cigarette s'éclaira soudain dans la pénombre. Petite lumière orange comme un appel de phare qui tira Claire de ses pensées. Irène souffla la fumée en l'air et l'atmosphère prit une tournure encore plus étrange. Peut-être étions-nous dans un rêve et que toute cette scène ne se déroulait que dans son imagination ? Un léger vertige faisait tanguer la réalité. Le remous, toujours, l'habitait, déclenchait les nausées comme un mal de mer.

– Toute la bande se retrouvait dans un café, boulevard du Montparnasse.

– Le Select, compléta Claire, comme le vôtre. J'imagine que ce n'est pas un hasard.

Il n'y avait jamais de hasard.

L'arrière-salle où la bande aimait occuper ses après-midi et refaire le monde avait laissé des traces dans les mémoires de chacun. Parmi eux, il y avait Gérald et Irène, les neveux du patron. On leur faisait volontiers crédit. Dans son café aussi, Irène avait une petite bande à qui elle aimait bien faire crédit, en souvenir de ce temps-là.

Maintenant que le récit était lancé, Irène ne s'arrêtait plus. Elle prenait un plaisir visible à convoquer ses souvenirs du Select. Elle s'adressait aux ombres du passé, leur souriait avec mélancolie. Irène embarquait la jeune femme à bord de ses souvenirs, sans se rendre compte que la barque tanguait, parfois prenait l'eau. Ce genre de traversée n'était jamais sans risque.

– De quoi parliez-vous ?

– De tout, de rien, je ne sais plus. De nos études, j'imagine. Des uns et des autres. C'était l'époque du rock'n roll, des yéyés, des surprises-parties, des projections… oui, je me souviens que j'organisais des projections de diapos chez moi. À l'époque, je travaillais sur la question des filles-mères. Je faisais des reportages, que je rêvais de vendre aux grands journaux. Je testais mon discours engagé sur les copains. Ils étaient bon public. Mais assez parlé de moi : c'est de ton père que tu veux entendre parler, n'est-ce pas ? Veux-tu voir quelques photos ?

Irène tira de sa pochette quelques images de l'époque du Select. Les mêmes jeunes gens fringants et pleins de vie que sur celles de Boris. On devinait les mêmes éclats de rire, les mêmes promesses. Chaque fois, Claire retrouvait les mêmes scènes que sur les photos de Boris mais sous un angle différent, de telle sorte que leurs deux jeux de photographies constituaient les deux moitiés d'un même puzzle.

Les histoires racontant les premiers âges de la vie sont les meilleures, c'est bien connu. On s'en délecte à chaque répétition, par anecdotes ressassées lors des dîners de famille, éclaboussées de rires et de railleries. Elles forgent les légendes familiales et se transmettent comme un flambeau à chaque génération. Elles parlent de cette période de l'enfance, âge tendre, malicieux, où rien n'est grave, où tout est pardonné. Mais qu'en est-il des récits sur les débuts de l'âge adulte ? Les parents ne racontent rien. Une pudeur tout à coup les étouffe.

En écoutant parler Irène, en regardant les photos et documents de cette époque, Claire se rendit compte qu'elle ne savait presque rien des années d'étudiant de son père. La jeunesse des parents était une zone opaque. Alors qu'on partage volontiers les souvenirs d'enfance, le passage à l'âge adulte reste flou, comme si ce moment devait rester dans l'ombre.

– C'est celle-ci ma préférée ! déclara Irène.

Claire prit la photographie entre ses doigts, fébrile. Elle observa cette bande de joyeux lurons, six jeunes gens au pied d'un énorme bloc de marbre presque aussi grand qu'eux, certains accroupis, d'autres debout, les deux mains contre la pierre, comme s'ils unissaient leurs forces pour soulever le bloc. Les bouches se tordaient d'un effort imaginaire et la grimace tirait alors sur le rire irrépressible, le rire si prompt des étudiants.

Ils étaient tous habillés un peu pareil, avec des pantalons en velours côtelé ou en gabardine, des vestes en tweed ou des blousons. L'époque était aux tissus solides et chauds, certes un peu rustiques. Les cols des chemises dépassaient des gros pulls en laine et les mocassins constituaient à peu de choses près le seul modèle de chaussures pour hommes.

Lui trônait sur le bloc de marbre, regardait droit devant, impassible. Ses lunettes de soleil carrées défiaient l'objectif. Opacité oblige. Les jambes ballantes simulaient un grand calme qui contrastait avec le chahut alentour. Il portait une veste claire, une chemise blanche et une fine cravate noire. Autour de son cou était suspendu l'étui de l'appareil photo qui avait dû servir à capturer cette drôle d'image.

Derrière eux, tout était blanc. On ne distinguait plus rien, tout au plus une échelle appuyée sur un mur invisible. Tableau presque lunaire.

Claire regarda encore la photo, aimantée par cette vision étrange. La composition était parfaite, les jeunes gens jouaient leur rôle et elle ne savait que faire de cette image.

6

—

Naissance du projet fou. Mars 1968

– Ne bougez pas, c'est parfait comme ça! Un… deux… trois! Serge, tu as bougé…

– C'est le vieux crabe, il pèse une tonne!

– Salaud, va! Tu ne paies rien pour attendre, dis-je en ricanant du haut de mon rocher.

– Un peu de sérieux, messieurs! ordonne Irène, qui aussitôt se remet en position, l'œil derrière l'objectif.

Soudain, j'aperçois au loin le gardien qui approche. De là où je me trouve, je surplombe les collines de marbre de la carrière, paysage lunaire dont la réverbération brûle la rétine. Je lâche le signal convenu entre nous, en patois niçois: « *Gaïra! Gaïra lou pètou!* »

– Pas grave: j'en reprends une, pour être sûre, tente Irène. Vite…! Allez, regardez tous par là. C'est bon, c'est dans la boîte!

Serge fait le dos rond pour m'aider à redescendre. Le groupe reprend une contenance d'étudiants studieux. Quand le gardien arrive à notre hauteur, nous le saluons avec un respect exagéré.

– Que faites-vous là, jeunes gens?

– Nous sommes étudiants, m'sieur.

– Étudiants en quoi? se méfie l'homme, avec la mine appliquée de celui qui fait son travail consciencieusement.

– En architecture, m'sieur. On apprend à dessiner des maisons. Depuis le jardin d'enfants, on ne sait toujours pas bien faire, pensez-vous !

– Une bande de gais lurons à ce que je vois ! Eh bien, tentez de faire mieux que ces architectes qui se veulent modernes et qui dénaturent notre beau patrimoine !

Les autres ne peuvent s'empêcher de pouffer, tandis que, gardant mon sérieux, je lance un théâtral : « Monsieur, je vous le promets ! » Les rires redoublent autour de moi, et le gardien s'éloigne en haussant les épaules.

Au défi que nous a lancé Leprince, je veux répondre par l'audace. Pour une fois que les études éveillent mon intérêt, je ne vais pas bouder mon plaisir.

Irène, qui travaille sur la cause des mères célibataires pour sa thèse de fin de cycle de sociologie, nous suggère de dédier notre construction à ce sujet sociétal « dont tout le monde se fout », selon ses mots. Quand elle en parle, les mots virevoltent, accrochent, une logorrhée tenace qui vous force à la suivre, et vous la suivez, avec délice. Elle prend un bâton et essaie de le planter dans le sable, et comme la matière est fluide et se dérobe, elle s'acharne, presse le bâton, le fait tourner sur lui-même, jusqu'à ce que la bouture prenne. Et elle prend, toujours.

– Une maison pour ces femmes et leurs enfants : tu comprends, ce serait une idée formidable. Un îlot protecteur, un havre de paix. Leur donner un endroit pour elles, pour se retrouver, se faire aider et conseiller, c'est leur donner un lieu, une matérialité.

– Mais ce projet ne verra jamais le jour, tu le sais bien : ce n'est qu'un simple exercice d'études.

– Évidemment, elle balaie l'air avec sa cigarette. Mais il faut qu'on en parle. Plus le sujet sera abordé dans nos universités, dans nos écoles, dans nos bureaux, partout, plus on pourra considérer ce problème de société d'un autre œil. De jeunes filles sont abandonnées tous les jours par leur famille parce qu'elles tombent enceintes et qu'elles ne peuvent pas interrompre leur grossesse. Elles se retrouvent seules à affronter cette épreuve, interrompent leurs études, font une croix sur tout : leur jeunesse, leur liberté, leur famille. Ce n'est plus possible de passer sous silence cette souffrance, cette injustice !

Elle se radoucit : « S'il vous plaît », avec un sourire charmeur qui envoûte toute la bande.

– Bon, quel toit peut-on inventer pour ces jeunes femmes ? lance Félix, le plus conciliant de nous tous.

Un silence s'ensuit, où nous nous creusons chacun la cervelle.

Soudain, j'ai une idée :

– Comment tu disais, Irène ? Un « îlot protecteur » ? Et si nous faisions vraiment une île ? Une île flottante ?

Son dessert préféré. C'est idiot, mais c'est sorti tout seul et je la vois sourire à cette attention.

– N'importe quoi, Boris ! On est censé apprendre l'architecture, pas la construction navale ! me reprend Gérald, notre garant de sagesse.

– Et pourquoi pas ? Puisqu'on pense sans entrave, puisque tout est « pour de faux », comme dans les jeux d'enfants. Alors jouons !

– On y accèderait à la nage ou en barque ? ricane Félix.

– Laissez-moi jusqu'à demain. On se retrouve ici dans vingt-quatre heures exactement. Si ça ne vous plaît pas, on passera à autre chose.

Ils me regardent tous d'un air éberlué. L'œil d'Irène pétille.

– Demain 17 heures, dit-elle en guise de réponse.

Au commencement était la main.

Une main épaisse et forte, et malgré tout bien dessinée.

Une main d'artiste et d'artisan, ni l'un plus que l'autre, exercée aux rudiments du bâtiment tout autant qu'aux tracés délicats.

La pâleur de la peau se fond sur le papier. Quelques taches de rousseur, éparses, très claires, mouchettent le teint de porcelaine. Çà et là, des nuages d'encre ou de carbone.

Les phalanges, calmes et sereines, n'ont pas l'habitude d'agir sans réfléchir. Pas du genre non plus à tapoter nerveusement ni énerver un quelconque artifice. Elles se terminent par des ongles ronds et réguliers, soignés et propres, aux demi-lunes bien nettes.

La page reste vierge un moment, la mine du crayon en suspens au-dessus d'elle, attendant le souffle de l'inspiration. On devine que la scène s'est souvent répétée sans aboutir, mais que le nombre de tentatives est secondaire. La quête, seule, compte.

Il fait chaud. Les manches de chemise sont retroussées jusqu'aux coudes ; le carreau de la vitre entrouvert ; un filet d'air s'immisce, tiède, soulève timidement le coin du feuillet.

Puis la main reprend sa position studieuse de départ. L'autre la rejoint après avoir saisi un double décimètre, maintenu fermement entre le pouce et l'index. Alors seulement le buste se penche, projetant une ombre chinoise sur le dessin en devenir. La mine suit le mouvement, vient buter sur le bord de la règle et trace, magistralement, la tant attendue ligne grise.

Sans même lever les yeux sur son auteur, on devine l'intense plaisir que procure ce geste simple et élégant, comme une respiration attendue depuis longtemps.

Les coups de crayon s'enchaînent ensuite plus vite jusqu'à aboutir à un cercle. La forme primitive. Le point de départ du projet fou.

Elle rit aux éclats en regardant mes dessins.

J'ai travaillé une bonne partie de la nuit, me suis assoupi une poignée d'heures au petit matin, avant de me remettre à ma table presque sans m'arrêter. Pour la voir rire comme ça. Juste pour ça. Le litre de café dans le sang me rend nerveux et fait trembler mes mains d'ordinaire si calmes. Elle bascule la tête légèrement en arrière. Elle joue de ses grands yeux incurvés qu'elle souligne habilement de charbon noir. Je lui montre mes dessins comme un gamin. Je quémande son sourire en échange de quelques griffonnages. Son plaisir est le mien.

J'explique : « L'idée de départ est celle d'Irène : l'île. L'eau apaise et crée une distance entre l'île et le reste du monde. Leprince voulait qu'on utilise le vide et la lumière. En ajoutant l'eau, on a une trilogie complète. L'eau reflète la lumière et réfléchit le vide par transparence.

Mieux, symboliquement l'eau est utopie : elle fait miroiter tous les possibles. On accède à l'île flottante par une promenade, un corridor si vous préférez, qui part de la terre ferme. En réalité, l'île est presqu'île. L'important est de garder un pied sur terre car l'île flottante est une structure pour reconstruire ces femmes, donner un foyer à ces enfants, elle ne doit pas isoler, mais accompagner. Le corridor est l'allégorie du passage qui doit leur permettre de trouver leur place dans la société. À chaque bord du corridor, des garde-corps en verre qui se prolongent jusqu'au centre de l'île. On s'avance sur la corniche et on arrive à un espace qui constitue le rez-de-chaussée de la structure, dédié à la vie collective, une sorte de jardin d'enfants, avec des jeux, des espaces pour s'asseoir et faire des activités ensemble, où l'eau arrivera au même niveau que le sol.

– J'adore l'utilisation de l'eau ! s'exclame Irène. C'est l'élément primitif de la vie qui apaise et fait grandir, présent au commencement dans le ventre des mères.

Je mesure ma réussite à l'étincelle qui s'allume dans son regard.

– Il faudrait tout de même prévoir des espaces privés, qui puissent permettre des consultations médicales par exemple, ajoute-t-elle.

– Il faudrait surélever d'un étage, complète Félix, avec plusieurs petites salles fermées, ce qui supposerait des fondations profondes, d'autant qu'avec toute cette eau le sol doit être renforcé et que la forme de goutte de ta structure est moins simple à réaliser qu'un bête parallélépipède.

– Je ne suis pas là pour faire de « bêtes parallélépipèdes ».

– Eh bien moi aussi, j'ai quelque chose à vous montrer ! annonce Irène.

Elle défait son foulard autour de ses cheveux et attend nos réactions. Je tire sur ma Dunhill en me calant sur le dossier de ma chaise. Si seulement la fumée pouvait envahir la pièce et faire écran ! J'enlèverais cette belle brune aux yeux de biche.

– Qu'est-ce que tu as fait à tes cheveux ? s'écrie Gérald. Ma sœur au carré : on aura tout vu !

– Tu voudrais que j'aie la même coupe que Maman ? Chignon bien sage et médaille de première communiante autour du cou ?

– Ne parle pas de Maman comme ça !

Je crois entendre ma sœur. Irène est de la même trempe que Camille, à moins que ce soit une nouvelle mode qui souffle sur les idées de nos sœurs. Les copines, elles, adorent, effleurent du bout des doigts les mèches qui glissent sur le bas de ses joues. Elles la trouvent belle. Belle et fraîche, belle et libre. Irène est la première du groupe à avoir osé et pourtant, à voir les deux autres ainsi fascinées, je sens à quel point elles ont envie de faire subir le même sort à leurs chevelures ligotées, laquées, épinglées.

Irène plonge son regard dans le mien, cherche à provoquer ma réaction qui ne vient pas. Et moi, je reste immobile devant cette femme dont le charisme me pétrifie. J'en viens parfois à me dire que le seul fait de la contempler et de la côtoyer chaque jour, partager avec elle les tribulations de la bande du Select, pourrait au fond suffire à mon bonheur.

L'instant d'après, je suis rattrapé par cette pulsion qu'elle suscite en moi. Moi qui préfère le calme et la volupté, le bouillonnement d'Irène me dépasse.

– Et toi, comme d'habitude, tu ne dis rien ? me reproche Gérald.

– J'en dis… J'en dis que c'est très joli !

Irène sourit, Gérald soupire.

– On voit que ce n'est pas ta sœur…

– Je parie ma Dunhill que ma sœur le fera aussi, si ce n'est pas déjà fait !

– Mais où va le monde ?

– Allez, ne sois pas vieux jeu ! On croirait entendre nos darons.

– Exactement ! Et nous, nous en avons marre de ces convenances qui n'arrangent que vous.

Irène tire une cigarette de son sac, j'approche une allumette et sa pupille brille comme jamais derrière la flamme. Elle souffle une longue bouffée au-dessus de nous, qui trouble l'atmosphère de l'arrière-salle du Select.

– Boris nous comprend, lui, lâche-t-elle tout bas, radoucie.

– Tu parles… il est déjà dans la lune ! Boris ? Boris ?

Je ne suis pas dans la lune. Je pense aux chevelures des femmes, qui sont comme nos édifices : tous deux ont besoin d'air. Fini le temps des colonnades, des proportions haussmanniennes, des agencements ordonnés, fini de faire passer les règles rigides du classicisme avant tout, avant le plaisir, avant la souplesse, avant l'éclat. Un jour, je dessinerai la maison idéale : sans contraintes, sans filets, sans épingles qui engoncent la beauté naturelle. Je dessinerai une maison libre qui respire comme les cheveux d'une femme coupés au carré.

7

Prendre racine

CLAIRE ÉPLUCHA LES ANNONCES des journaux et des sites de location entre particuliers. Elle évitait les agences pour, s'imaginait-elle, laisser le moins de traces possible derrière elle. Elle se demandait si toutes ces précautions avaient une quelconque utilité. Quelqu'un s'était-il seulement mis à sa recherche ? Avaient-ils fini par prévenir la police pour signaler sa disparition, une fois sa messagerie saturée de soupirs et de reproches ? Arthur devait la maudire. Quant à son parrain, ses amis, étaient-ils inquiets ou avaient-ils compris ? Lui en voulaient-ils ? De toute façon, il était impossible de faire marche arrière. Elle n'avait plus qu'à se terrer là, dans cette région à l'abri du monde, où la seule menace venait du rugissement de l'océan.

Si seulement sa mère était toujours là ! Une mère résout tout, comprend, une mère écoute sans juger, console sans rien attendre en contrepartie, n'est-ce pas ? Du moins l'imaginait-elle. De sa propre mère, elle ne conservait que l'image diaphane d'une dame blonde au teint pâle, allongée sur un lit d'hôpital, son père ravalant ses sanglots à ses côtés. Claire avait beau sonder sa mémoire, aucun autre souvenir ne lui revenait. Impossible de rappeler à elle le son de sa voix, ni même un geste ou une habitude. Sa mère était tombée dans l'oubli. Son père avait endossé les deux rôles à lui tout seul et la charge avait été suffisamment épaisse pour ne pas ajouter le poids du ressassement. À la maison, on ne parlait pas de cette absente. Mais les souvenirs sont comme le feu sacré des vestales : si on ne les entretient pas, ils s'éteignent.

Désormais, Claire était tout à fait seule, sans père ni mère, orpheline au moment précis de prolonger la vie elle-même. Même ses grands-parents étaient morts depuis longtemps. Ce grand vide la plongeait dans un étrange état. Dorénavant, elle n'aurait plus de comptes à rendre à personne.

Elle appela le numéro indiqué au bas d'une page. Une voix claire décrocha, qui énumérait les avantages d'un studio à deux pas de l'océan. La voix claire donna rendez-vous.

Un type d'une cinquantaine d'années, en bermuda et chemisette, attendait. Il se tenait là, les pieds écartés, souriant de toutes ses dents, comme dans ces bandes dessinées truffées de gags que l'on a plaisir à relire l'été. Peut-être se trouvait-elle dans une des cases joyeuses et colorées de son enfance ? Il suffirait de tourner la page pour y échapper. Claire eut un mouvement de recul, mais le type lui tendait déjà une poignée de main énergique. Ses doigts boudinés se pressèrent dans sa paume, avec la chaleur commerciale de circonstance.

L'immeuble en question s'étalait en une barre légèrement courbée, de sorte que l'on pouvait aisément voir les terrasses voisines si on se penchait. Elle toisa le bâtiment. Il devait y avoir près de deux cents logements qui se regardaient en biais. En contrebas, des allées rejoignaient les trois entrées de la résidence. Des résidences similaires se succédaient le long de la côte, elles avaient l'air presque abandonnées. Claire se demandait qui pouvait bien habiter là, une fois la saison passée. Des âmes esseulées comme elle, d'autres fugitifs diluant leur mal de vivre dans leur mal de mer ?

L'homme se prenait pour un vrai agent immobilier : il débitait son argumentaire de prospectus avec d'autant plus d'emphase que Claire restait silencieuse derrière ses lunettes noires, se demandant seulement comment serait cet endroit après l'été. Ils eurent vite fait le tour. Le studio était minuscule mais fonctionnel et surtout, insista l'homme en bermuda : « La terrasse ! »

Claire s'appuya sur le garde-corps, se pencha, se pencha encore, puis son regard se perdit au loin. L'autre, décontenancé, ne disait plus rien. Son argumentaire avait été déroulé d'une traite, épuisé trop vite, et maintenant, il n'avait plus rien à ajouter. À sec. Il attendait la sentence, guettant le moindre signe chez son interlocutrice, dissimulant mal son impatience. Mais Claire rêvait. Et ce n'était pas le genre de rêveries que l'on pouvait balayer comme ça.

Enfin, elle se tourna vers lui et sortit de son sac une enveloppe. L'unique sourire qu'elle voulut bien céder le fit renoncer pour de bon aux papiers d'usage. Un mois d'avance était plutôt rare dans la région où les touristes ne faisaient que passer, louant à la semaine, discutant les prix, pour déserter dès la fin août. L'affaire fut conclue.

La porte claqua et Claire se retrouva seule. Voilà, c'était à ce point facile. Elle posa son unique bagage sur le sol et retourna sur la terrasse. Cinquième étage. Elle pivota et se pencha en arrière pour mesurer le poids des niveaux au-dessus d'elle. L'océan était bien là, au loin devant elle, la surveillait. Elle se demanda si elle avait pris un risque inutile en payant d'une traite deux mois pour ce meublé alors qu'elle n'avait aucun projet défini, qu'elle devrait peut-être quitter précipitamment la ville si on retrouvait sa trace. Son instinct était seul maître à bord à présent. Et l'océan semblait d'accord.

Claire fit un rapide inventaire des fournitures du meublé, avant d'aller acheter quelques denrées au supermarché, du savon, de la lessive, du pain, du sucre, du café… Toutes ces choses de première nécessité qui tissent le quotidien et vous font prendre conscience que vous êtes bel et bien en train de commencer une nouvelle vie, ailleurs.

De retour à l'appartement, elle fit bouillir de l'eau, versa quelques pâtes, coupa une tomate en quartiers qu'elle arrosa d'un filet d'huile d'olive, y laissa tomber quelques feuilles de basilic, réminiscences de sa terre à elle. Elle écouta la radio pendant qu'elle dînait, mais ils ne disaient rien de particulier. Pas d'alerte. Les stations balnéaires étaient sûrement le meilleur endroit pour se fondre dans la masse sans attirer l'attention.

Au fond, toutes les robes de plage se ressemblent. C'est sur cette idée saugrenue que la nuit tomba.

Boris inventait des couleurs pour tous les événements de la vie, les humeurs, les sentiments. Tout était matière à image, à poésie. Ainsi, quand elle était enfant, il avait baptisé la première nuit passée dans un endroit nouveau : les « nuits émeraude » portaient en elle la couleur de l'intrigue, de la profondeur, de l'inconnu, des rêves éveillés. Vert pâle de l'océan. Il disait qu'on finissait toujours par s'endormir, qu'il ne fallait pas s'inquiéter. Dès le lendemain, les craquements seraient familiers à l'oreille, on s'habituerait. On s'habituait à tout.

Et la nuit passait du vert au noir.

Les papas ont toujours raison. L'insomnie, cette vieille amie, avait ainsi décidé de lui rendre visite cette première nuit. Les heures défilaient. Claire dressait l'oreille au moindre bruit. Elle aurait aimé que l'ombre vienne s'asseoir près d'elle et la berce comme quand elle était petite. Mais l'ombre tardait à se montrer.

Il fallait la chercher dans les lettres et les photographies.

Un sourire apparut dans le ciel laiteux de son nouveau toit.

Elle se figea.

Il était là, devant elle, comme sur la photo qu'elle gardait dans la poche de sa veste tels un talisman ou une ration de sauvetage. Le pull blanc chiné irlandais, le regard en biais, souriant à la lumière, la pipe entre les lèvres, la malice éclatant sur son visage, les coudes bien calés sur la table. On devinait les papiers calques, les plans grattés et raturés pour son premier job qui lui permettait de « gagner quatre sous ».

Samedi 22 octobre 67

Mon vieux Ricourt,

Si tu es toujours libre, nous avons du boulot pour toi à partir de lundi matin. Il nous faudrait un deuxième nègre. As-tu ce type dans tes relations? Il faut un gars de ton niveau – et un rapide, parce que nous devons prendre deux dossiers en urgence.

Cet après-midi (samedi), je suis à l'agence, et si le pneu arrive rapidement, tu peux me téléphoner. De toutes les façons, je te demande de nous faire signe, si d'aventure tu avais du boulot, parce que je ne voudrais pas chercher un autre type avant d'avoir ta réponse, puisqu'on t'avait dit que tu étais tête de liste.

Cordialement

La lettre en question comportait l'en-tête d'un cabinet d'architecte situé au 6 bis, villa d'Alésia, Paris XIVe. Elle avait été envoyée par pneumatique et avait dû certainement provoquer un élan de joie assez fort pour que la lettre ait été conservée et qu'elle se retrouve des années plus tard dans la poche de Claire. Ces mots repassaient en boucle dans sa tête, ces mots qui venaient d'une autre époque où son père avait la vie devant lui, époque où son existence à elle n'était pas même encore envisagée, n'était pas même encore une idée, époque où tout était possible pour lui. Un avenir s'ouvrait, plein de promesses et d'opportunités à saisir, de projets sur lesquels il faudrait « plancher », de « pneumatiques » auxquels il fallait répondre.

Elle tenta d'imaginer le trajet de cette missive qui, plus de quarante ans en arrière, avait parcouru les sous-sols de Paris en boîte cylindrique. Par le jeu des pressions et dans un boucan que Boris aurait volontiers qualifié de « raffut du diable », le curseur avait donc sillonné les tubes en acier dans la toile d'araignée des galeries souterraines de la capitale. Pouvait-on prétendre à une télécommunication plus romanesque? Au nom du progrès, ce mode de correspondance s'était éteint en 1984, précisément l'année de naissance de Claire. Elle avait vraiment tout raté. Son époque à elle où la communication se voulait reine n'arrivait pas à la cheville de celle-ci.

Elle étala les quelques photos sur son lit. L'image de Boris la suivait partout. Image collée à ses méninges, tatouée, mais muette et immobile. Elle resta là, en tailleur, à contempler ce temps révolu, ces sourires périmés, et ce n'est qu'après un long moment de méditation que le cliché commença à se mouvoir, très lentement d'abord, puis de plus en plus naturellement. Boris était assis en face d'elle. L'image vivante et muette continuait à lui sourire à elle, rien qu'à elle. La malice avait laissé place à une gêne, une ombre indéfinissable floutait un peu plus son visage, en faisait vaciller les contours. Il suffisait d'un rien pour que tout s'évanouisse. Ce serait comme souffler sur la mèche d'une bougie et il ne resterait plus que la fumée serpentant jusqu'au plafond.

La pipe était indissociablement liée à lui. Un symbole. Un totem. Parmi les trouvailles de Claire avant son départ, quatre pipes alignées élégamment sur un support en bois d'acajou constituaient la pièce maîtresse de son butin. Elle contempla cet étrange tableau, en attrapa une. La boule granuleuse dans sa paume avait des airs de balle de golf et faisait immanquablement rejaillir des sensations oubliées, ainsi que cet air de Brassens qu'il connaissait par cœur, et qu'il chantait en marquant les consonnes et en roulant les « r », exactement comme son idole.

J'ai des pipes d'écume
Ornées de fleurons,
De ces pipes qu'on fume
En levant le front
Mais j'retrouverai plus ma foi
Dans mon cœur ni sur ma lippe

Le goût d'ma vieille pipe en bois
Sacré nom d'une pipe!

Il apparut devant elle, les jambes croisées, la tête baissée sur l'objet sacré. Le cérémonial de la pipe requérait minutie et concentration. Aucune mécanique dans ce geste artistique. Il faut autant une âme d'artiste que d'artisan pour fumer la pipe. Le rituel n'est pas à la portée du premier venu.

Claire le regardait faire: d'abord, nettoyer la tige, retirer les restes éventuels de cendre en tapotant la pipe sur la table. Puis, préparer le tabac. C'était l'étape la plus délicate. Une première pincée tombait dans le foyer avec grâce en prenant soin de laisser passer l'air entre les feuilles, puis une deuxième, légèrement plus dense, qu'il fallait tasser, ni trop ni trop peu, jusqu'à arriver à la moitié du foyer environ. Enfin, la dernière pincée à tasser plus franchement cette fois. Gestes précis acquis dans la répétition et l'amour des choses bien faites. Pour finir, Boris craquait une longue allumette, faisait tourner la flamme au-dessus du tabac tout en aspirant de longues bouffées. Son regard convergeait vers le foyer, surveillant ainsi le bon déroulement de son entreprise, ce qui le faisait invariablement loucher et froncer les sourcils.

– Papa, arrête de froncer les sourcils, ça te fait des marques sur le front!

Immédiatement, il s'exécutait, détendait ses traits, arborait un sourire fier à celle à qui il ne pouvait rien refuser. Un jeu tendre entre eux.

– Tu as raison, bijou!

Parfois, la pipe s'éteignait et il fallait recommencer plusieurs fois le manège, tasser à nouveau, craquer une autre allumette, tirer des bouffées tantôt longues et profondes, tantôt brèves, qui faisaient bouger ses narines en rythme. Claire aimait observer ces petits détails. Ils partageaient ce moment dans un silence complice. Quand il embouchait le tuyau de cheminot dans le claquement sec de ses molaires, ses lèvres s'écartaient démesurément vers ses oreilles, ce qui lui dessinait un sourire forcé, mimique comique à la Popeye. Car le fumeur de pipe, farceur dans l'âme, manie l'art subtil de la grimace.

Claire plongea son nez dans le foyer d'une des pipes de son père, relique de ce monde évaporé de l'enfance. L'odeur était restée, pourtant, imprégnée sur les parois du petit puits. Alors que l'odeur des vivants s'éteint en quelques heures, celle du tabac à pipe demeure éternel.

Sur un coin de table, à côté du porte-pipe, elle avait posé une boîte qui fermait mal. Le bois, gonflé par les années, avait dilaté le verrou. Claire avait tout emporté sans faire le tri, elle découvrait maintenant son trésor : une quinzaine de pipes de différentes tailles, formes et matières, ainsi que les instruments – sacoche à tabac, tige, briquet à pipe… Tous ces objets avaient une histoire, leurs secrets seraient tus à jamais. Claire contemplait cette nature morte de tiges et de boules aux tons sombres, du noir au roux comme une énigme. Boris apparaissait dans la magie des effluves. Elle retrouvait ses gestes, ses postures, ses expressions. Il était là, tout près. Mais Claire avait beau l'interroger, il restait muet. Son image, fragile, commençait déjà à s'évanouir. Claire aspirait dans le vide une bouffée de tabac ancien et le flou se dissipait, comme un coup de fouet, ranimait le spectre pour quelques secondes supplémentaires, avant de s'effacer tout à fait.

Claire se laissa tomber sur le lit, sa tête parmi les coupures de journaux, les lettres, les pipes, les photos… Ses paupières devenaient lourdes, le sommeil s'était enfin mis à sa poursuite, mais maintenant elle n'en voulait plus puisque l'ombre était là et semblait être sur le point de lui parler. L'air d'ici attirait à lui les âmes esseulées pour les engloutir dans les songes.

On raconte qu'ici, une force d'attraction agit comme un aimant sur la rive. Tous les jours, Claire retourne sur la plage. Chaque fois, ses pas la mènent là, en somnambule. Elle laisse le chemin décider pour elle et il la conduit invariablement au même endroit, tous les jours à la même heure. Elle goûte à l'exaltation de cette liberté, au plaisir inavouable de s'extraire du monde. Ici, personne ne peut interrompre sa paresse, et cette idée l'emplit d'une joie nouvelle, comme si elle se sentait vivre à nouveau.

Elle arrache au monde cette liberté.

Mais ce va-et-vient ne peut durer éternellement. Ce périple prend la tournure de l'exil et les exils ne sont jamais porteurs de paix. Depuis que Claire s'est établie à T., elle attend. Toute volonté semble l'avoir quittée. Elle erre sans but, contemple les paysages, puis rentre dans sa tanière, un point de chute qui ressemble plus à une planque qu'à un lieu d'habitation. Barre d'immeuble face à l'océan, triste à mourir.

Pourtant, puis-je blâmer une situation que j'ai moi-même induite ? Si Claire en est là aujourd'hui, c'est bien à cause de moi. Les spectres sont parfois plus puissants, plus redoutables que les vivants. Le doute s'installe en moi. Si cette échappée devait trop durer, j'ai bien peur qu'elle la noie au lieu de panser ses plaies.

Depuis qu'elle avait rencontré Irène, Claire avait ajouté une étape à son itinéraire habituel. Elle se levait vers huit heures, s'habillait et sortait saluer l'océan. Elle s'asseyait là un long moment. L'ombre l'accompagnait de plus en plus souvent, comme si elle avait trouvé sa place auprès d'elle et était décidée à ne plus la lâcher. Ensuite, elle passait au café d'Irène et trempait dans une grande tasse de capuccino un pain au lait acheté un peu plus tôt à la boulangerie. La croûte délicatement dorée, le moelleux de l'intérieur encore tiède, l'odeur gourmande mais tendre, si différente des autres viennoiseries où le beurre prenait invariablement le dessus. Dans sa paume, le ventre dodu exhalait le parfum de l'enfance. La forme oblongue lui faisait penser à un petit animal blotti dans le creux de sa main. Elle le dévorait pourtant sans pitié. La mousse du breuvage habillait l'extrémité d'une jupe de laine. Les alvéoles s'imbibaient presque une à une, comme une éponge qui venait se vider dans sa bouche. Le liquide s'écoulait entre ses dents. L'extase pouvait tenir à cela.

Le café d'Irène n'était pas de première jeunesse, mais les couverts et les tasses y sonnaient juste. Claire appréciait cet endroit. Le comptoir en cuivre reflétait les mines déconfites, les soupirs et les éclats de rire. Depuis tant d'années, les coudes s'y frottaient, faisant briller le cuivre comme un miroir. Le comptoir endurait les coups de poings et les impatiences, les claques et les taches, le roulement répété des pièces de monnaie. La machine vrombissait à intervalles irréguliers, au gré des demandes qui variaient selon les heures. Soudain elle rugissait, semblait sur le point de décoller, jusqu'à ce qu'un geste habile l'arrête net, sorte la tasse et la dépose sur la soucoupe avec cuiller, sucre et spéculoos. Sur ce décor de théâtre, Irène régnait seule, prenait et servait les commandes, tenait la caisse, mettait le menu à jour en concertation avec son cuisinier, s'occupait du ménage et de l'entretien, jusqu'à la fermeture du rideau, après avoir mis dehors les derniers habitués trop paresseux qui ne tenaient plus debout.

Claire s'asseyait toujours à la même table, celle de la première fois. Comme un accord tacite entre elles, cette table lui était réservée. Elle sortait son matériel et dessinait. Irène ne demandait jamais à regarder. Elle se contentait de fournir la table. Oui, le café était étrangement devenu une sorte de bureau pour Claire. Elle ne dessinait qu'ici, pouvait passer des heures concentrée à sa table.

Parfois, elle s'arrêtait et le temps de cette pause, elle regardait Irène travailler. Ses gestes avaient la précision professionnelle que l'on acquiert au fil des années, à force de répéter les mêmes routines, mécanique élégante loin des mouvements saccadés des machines. Tout un art. Il y avait une adresse presque acrobatique dans cette virtuosité du comptoir. Et le naturel avec lequel elle prenait des nouvelles des uns et des autres, les habitués et les clients de passage… Irène inspirait la sagesse et la sérénité de ceux qui ont vécu. Derrière son zinc, ses yeux en amande vous regardaient avec bienveillance, sans détour. Son franc-parler et son empathie inspiraient immédiatement confiance. On sentait bien que c'était son truc à elle, que cet endroit et les gens qui y venaient chaque jour étaient au cœur de son existence et de ses préoccupations. Elle était même connue pour ça dans la région. On se rendait dans son café pour se réchauffer le cœur, en plus du reste. Pour chacun, elle jouait ce rôle particulier dans leur quotidien. Elle savait l'importance de ces petits riens qui tissent une journée. Claire aimait la regarder faire.

Au fond, les cafés sont comme les librairies : des lieux de vie qui soignent les âmes, où les solitudes trouvent refuge. Le café d'Irène était devenu un repère dans cette nouvelle vie. L'océan, le café. Et septembre dévalait la pente des derniers jours d'été.

Claire songeait de moins en moins à repartir. Elle se demandait comment serait la ville en automne, puis en hiver. En quelques semaines seulement, la physionomie des environs avait changé. La côte se découpait, un peu plus émouvante, moins tapageuse qu'au soleil du mois d'août. Une fine pellicule recouvrait tout, tiédissait les contrastes et la lumière. La nature devenait plus sauvage, état brut de celle qui ne cherche pas à plaire. C'est ainsi qu'elle se montrait aux gens d'ici, à ceux qui prenaient le temps de rester plus longtemps que la semaine de location estivale. Les tonalités plus authentiques avaient refermé la palette racoleuse des cartes postales. Il fallait prendre la peine de déjouer les calendriers scolaires et les rythmes des congés payés. Tout risquer. Une simple sortie de route, en somme, pour que tout apparaisse différemment. Comme un révélateur.

Claire était une fille en pointillé. On brûlait d'envie de relier les points, combler les vides, mais rares étaient ceux qui osaient vraiment. Elle était ce personnage lisse et doux qui tenait pourtant les autres à distance. Ce n'était pas tant de la timidité que l'on aurait eu du mal à briser. Un halo de pudeur autour d'elle empêchait de s'avancer trop loin dans l'intime. Elle se protégeait sous une enveloppe dont le papier avait un grain si fin, si délicat, que la décacheter nécessitait une précaution infinie. Il fallait avancer à tâtons pour ne pas l'effrayer, dans l'espoir de prononcer les mots qui ouvriraient les portes.

Au fil des jours, Irène avait su apprivoiser Claire tout en douceur. Elle ne posait jamais de question, se contentait d'incarner cette présence discrète et rassurante, en espérant que Claire finirait par se livrer spontanément. Mais les jours et les semaines filaient sans que rien ne sorte. Les mots s'étranglaient dans sa gorge. Combien de temps passerait-elle ainsi, loin de chez elle, à se glisser dans une vie qui n'était pas la sienne ? Que cherchait-elle ici qu'elle n'ait pas encore trouvé ?

Alors, Irène eut une idée. Elle décida de l'emmener là où la magie avait opéré pour elle-même, quelques décennies auparavant.

Elle ne lui avait rien annoncé de précis. Juste qu'elle l'emmenait faire un tour. On ne pouvait préparer qui que ce soit à une expérience pareille. Pour la vivre pleinement, le mieux était de la cueillir sur le fil, spontanément, sans préméditer son coup.

Il fallait d'abord traverser une forêt clairsemée. On y pénétrait sans s'en rendre compte. Un chemin de terre démarrait en contre-bas de la grande corniche et sinuait tendrement sur quelques mètres avant de déboucher sur un plateau vert et mousseux. De la route, il était impossible de s'imaginer que cette embouchure-là permettait d'accéder à un tout autre monde.

Il suffisait de se garer sur le seul emplacement disponible contre le muret, comme on abandonnerait le dernier effet personnel avant une tempête. On atteignait le plateau arboré en quelques minutes à peine et, avant même de s'en rendre compte, on était englouti par cet écrin de verdure. Des hêtres et des bouleaux y étaient plantés sans organisation précise, on aurait pu dire au hasard. On les contournait, valsait autour d'eux pour progresser.

– Il n'y a plus de chemin par ici. Vous êtes sûre de savoir où on va ? interrogea Claire.

Irène sourit. Claire aimait son visage rond, ses yeux cernés de noir qui plissaient au bon moment.

– Ici, je connais comme ma poche.

Les brindilles craquaient sous leurs pas, les rayons de soleil fusaient entre les cimes des arbres. Bien qu'elle fût incapable de se repérer, il était bon de s'abandonner dans cet écrin verdoyant.

Claire entendait la respiration d'Irène qui se déployait au rythme de ses pas, une respiration de plus en plus large, de plus en plus longue. Elle-même avait calqué par mimétisme son rythme d'inspiration et d'expiration sur celui de sa compagne. Ses poumons s'emplissaient et se vidaient pleinement en suivant la cadence régulière et profonde. Elles avançaient ainsi dans la fraîcheur du sous-bois déserté par les hommes, l'air fouettait les branchages avant de glisser dans leur cou pour finir en caresse sur leurs joues.

Le temps était suspendu au souffle des deux femmes, qui devenait de plus en plus dense, vivifié par l'exercice. Le vent dans leur dos montrait la direction. Il ne fallait plus réfléchir et suivre les éléments. Ici, rien d'autre ne comptait que leur respiration synchrone, l'esprit qui se vide et, en écho, le vent murmurant à l'oreille son langage incompréhensible. Un galimatias de sons leur parvenait sans qu'elles ne puissent rien démêler, et pourtant elles comprenaient l'essentiel : continuer d'avancer, et tout laisser derrière soi.

Irène accéléra le pas. Soudain, la forêt ouvrit ses bras et relâcha les deux naufragées sur une plage inattendue. Derrière la forêt se cachait une crique sauvage qu'Irène devait être seule à connaître. Elle se laissa tomber. Ses genoux s'enfoncèrent dans le sable et elle déclara avec des rires dans la voix à sa jeune amie : « Bienvenue au commencement du monde ! »

Claire fut saisie par tant de beauté. Elles étaient seules dans cet extraordinaire commencement. Et ce mot même de « commencement » résonnait étrangement.

– Ici, c'est mon endroit secret, je ne le montre pas à n'importe qui. Profites-en pour te ressourcer, te confier à cette nature qui t'est livrée ici dans son état brut. Écoute le vent, écoute l'océan et plonge en toi.

Les paroles d'Irène se mêlaient à la brise iodée.

– Fais-toi confiance, fais confiance à la forêt et à l'océan. Tu vas trouver la voie que tu cherches.

Claire sentit la présence de l'ombre qui acquiesçait. Une image vint à son esprit : un landau, une jetée, l'eau, le soleil cru. Était-ce son pays à elle ou ce nouveau territoire ? Était-ce elle dans le landau ou son enfant à venir ? Un souvenir ou une prémonition ? Qui poussait le landau ? Sa mère ? Si seulement les contours pouvaient se préciser. Elle ne voyait qu'une robe bleue. Tout se mélangeait.

Claire goûta ce moment insolite, puis elle ôta ses chaussures et s'avança dans l'eau qui pétillait sous le soleil du midi. Elle sentit l'eau fraîche courir sur ses chevilles, ses mollets, ses cuisses, son ventre rond, ses seins alourdis, ses épaules. Elle s'immergea entièrement, se laissa recouvrir par cette eau qu'elle recevait comme une bénédiction. Ses cheveux vinrent se coller dans son cou. Elle fit la planche et regarda le ciel insondable qui ne lui rendrait jamais ni son père ni sa mère, qui restait muet à ses doutes, mais qui était là malgré tout, où qu'elle décide de fuir.

L'ombre passa, lui souffla quelques mots à l'oreille. Et cela lui donna du courage.

– Irène, qui était vraiment mon père pour vous ?

La question avait fini par surgir, tout d'un coup, le genre de questions qu'on redoute pendant des semaines et qui sortent toutes seules, à force de brûler les lèvres.

Irène eut alors cette fulgurance : « Un rêve éveillé, un rêve inachevé. »

8

Courir en Mai 68

LA MAIN, TOUJOURS, cherche la vérité du trait, noircit des dizaines et des centaines de feuillets.

Depuis le premier jet, la main a multiplié les parallélépipèdes comme des petits pains, les a percés de toutes parts, traçant scrupuleusement d'immenses baies vitrées sur chaque façade, cherchant par tous les moyens à créer des ouvertures. Le dehors, le dedans : tout se fondra l'un dans l'autre. L'espace cessera d'être limité par des frontières craintives qui étouffent.

Un texte de Le Corbusier traîne sur la table : *Alors ceci tout naturellement : pour passer outre la chape de plomb qui écrase, lancer des traits qui la percent, espèces de coups de pic pour trouer la chape lourde. Trouer. Alors, une trouée ici, une trouée là !* Les mots du maître illuminent sa pensée, guident les balbutiements de son projet. Il en est convaincu : la maison ne doit pas regarder en elle-même mais au-delà d'elle-même, comme un appendice intégré au paysage, au milieu de la nature, comme fondu en elle.

Face nord, côté route, de grands cyprès. Face sud, la campagne encore préservée et la mer en point de mire, à l'horizon. Tout autour, des oliviers, arbustes, gazon à l'état brut. Surtout pas ces pelouses verdoyantes des jardins à la française, « bien peignées ». Non, c'est l'aspect sauvage qu'il recherche. L'incursion de la nature doit se faire en douceur et sans forcer.

La main hachure l'herbe folle, allonge les courbes vers le ciel des cyprès méditerranéens, esquisse quelques végétations plus basses. L'inspiration vient se nicher partout, en imaginant le dehors autant que le dedans. Sans contrainte, sans entrave.

La main dessine plusieurs versions, cherche la meilleure orientation possible pour maximiser les effets de la lumière, car il s'agit bien de cela avant tout : attraper le soleil, se baigner dans le vibrato fébrile de ses rayons, saisir l'éclat du blanc à la surface de la chlorophylle. Aucun filtre ne doit empêcher le mouvement de la lumière qui transpercera la maison de part en part : du dehors au dedans, du dedans vers le ciel.

Le bloc de la maquette pivote sur lui-même dans son imaginaire. Avant toute chose, absolument régler la question de la lumière, avant même de réfléchir à l'agencement intérieur, avant même d'aller plus loin dans le dessin.

Puis, le gras de l'index estompe le charbon pour modeler le relief et les perspectives. Stratagème du fumeur de pipe.

Depuis quelques jours déjà, Paris n'est plus Paris. Le mouvement étudiant a grossi, tel un essaim d'abeilles rameutant plus d'acolytes au fil de son passage. Je dois dire que, jusque-là, j'y étais plutôt indifférent. Les cours sont quasiment à l'arrêt, les chantiers que me donnent Rival et Beaucourt ralentissent.

Dans toute cette agitation, je ne vois que mon petit intérêt: travailler sur mon « projet fou », comme l'ont baptisé les copains. Je vois dans tout ce désordre alentour une formidable aubaine pour avancer. Je reste enfermé dans ma chambre et gratte le papier comme un forcené jusqu'à me creuser les phalanges. Gérald dit que c'est indécent, que le moment est historique, qu'il faut agir pour défendre la liberté. Je réponds, moi, que j'en ai bien assez avec la mienne à défendre, et que je n'ai pas besoin de la foule pour me libérer de quoi que ce soit. Libre, je le suis déjà! On me rétorque que je n'ai rien compris, qu'il faut penser plus loin que le bout de mon nez, que mes petits délires personnels ne sont d'aucune utilité publique face aux luttes sociales qui sont en train de se jouer dans le pays. À les croire, je suis inconscient, nonchalant, paresseux. Au moins, suis-je moins bruyant pour les autres!

Les plans du projet fou m'obsèdent. Je ne pense qu'à ça. Là n'est-elle pas la véritable liberté, mon authentique quête d'utilité publique? Passer des heures à écouter la radio ne m'intéresse pas. Défiler dans la rue en braillant me semble moins utile que de gratter en silence dans ma chambre. Ouvrir la fenêtre, goûter la caresse du soleil de printemps sur mes joues, guetter les oiseaux dans les grands peupliers, me semblent des actes plus libertaires.

En ouvrant mes carreaux, le brouhaha surgit comme un animal en furie. D'abord, un bruit sourd et lointain, comme un mirage. À mesure que je tends l'oreille, la rumeur se rapproche, se précise, balayant la possibilité d'une hallucination. Je tords le cou pour distinguer la masse, jauger son ampleur. En quelques minutes, ils arrivent sous mes fenêtres. Un raz-de-marée inonde la rue. En levant les yeux vers l'immeuble d'en face, je m'aperçois qu'à chaque étage ou presque des gens observent comme moi la rue. Ils ont l'âge de mes parents, voire de mes grands-parents. La jeunesse est descendue, les aînés la regardent d'en haut. Les curieux se partagent entre deux catégories, les mines déconfites et ceux qui applaudissent.

Alors que je m'apprête à fermer la fenêtre pour retourner à ma table de travail, mon regard tombe sur une silhouette peut-être encore plus révoltée que les autres. Elle porte un tee-shirt et un pantalon à la garçonne, un foulard négligemment noué autour du cou, le carré noir en bataille. Irène, les traits tirés, l'œil de charbon. La sentir tout près, si exposée, au milieu de la cohue et du tumulte, me porte un coup au cœur. La beauté sauvage irradie la chaussée. Comment ne se fait-elle pas écraser par la masse, elle toute frêle, toute menue et si enragée ?

Elle trébuche. Le garçon près d'elle la rattrape, la hisse sur ses épaules d'où elle domine la foule. Ravie de sa nouvelle position, son sourire triomphe, elle crie plus fort encore. Ses seins pointent fièrement et se balancent au rythme des slogans. Et moi, j'ai la sensation qu'elle va chavirer à tout moment, au moindre mouvement. J'essaie de l'appeler, mais de là où je suis, mon cri esseulé ricoche sourdement sur la masse, comme dans ces mauvais rêves où la voix reste étouffée, où la langue pâteuse se colle au palais.

Alors, sans réfléchir, je dévale les escaliers et rejoins la foule. Le défilé est dense, houleux comme les vagues. Plus j'avance, plus je m'enfonce. Je dois jouer des coudes pour remonter la procession dont la multitude ralentit mes mouvements. J'ai la sensation d'un marécage sablonneux qui impose son rythme, machine collective à broyer l'individu. Tous se ressemblent. Un seul pas, une seule allure, une seule voix. Je ne me suis jamais senti très à l'aise au milieu des foules.

Parmi tous ces semblables, pas d'Irène. L'éventualité de l'avoir perdue pour de bon dans cette marée humaine me traverse l'esprit. Je repense au type qui la tenait sur ses épaules et cette seule pensée suffit à me déchirer les entrailles. Qui est-il ? Le connaît-elle ? Pendant tout ce temps où je la cherche, je guette en hauteur, mais s'il l'a reposée au sol, je l'ai sans doute manquée. Peut-être suis-je allé trop loin ? Que faire ? Je rebrousse chemin pour tenter ma chance en amont, et me voici à contre-courant. C'est encore pire ainsi. Je passe tout l'après-midi à la chercher, en vain, sans pour autant me résoudre à capituler. Disparue. De toute façon, les rues sont bloquées, je suis trop loin de chez moi à présent. Je croise des camarades de mon école, qui me proposent de les suivre. Ils me font l'effet d'une bande sous-tension, à cran. Moi qui suis resté en ermite ces dernières semaines, je ne comprends pas cette fureur. Je suis un étranger dans la foule.

Au fil des heures, la fin de journée attise l'animosité des manifestants. Le flot se disloque comme un pantin désarticulé. Pour autant, les nerfs à vif, irrités pendant toutes ces heures de défilé, ne laissent pas présager un retour au calme. Au contraire, de l'effervescence à l'embrasement, il n'y a qu'un pas. Ma tête va éclater tant la migraine serre comme un étau. La foule ne crie plus, elle rugit. Parmi elle, Irène est partout et nulle part à la fois.

Ce n'est que tard dans la soirée, alors que les barricades se montent à une vitesse folle, qu'elle ressurgit enfin. Avec son tee-shirt sale et ses cheveux mal peignés, elle apparaît en révolutionnaire. Ma révolutionnaire.

– Dire qu'il a fallu qu'on vienne jusque sous tes fenêtres pour te convaincre de nous rejoindre ! me lance-t-elle, incisive, moqueuse, comme à son habitude. Je n'en finirai jamais de me faire houspiller par elle. J'accepte.

Prenez garde, son sourire tue.

Nos regards s'attrapent. S'il n'y avait eu que nous, nos lèvres auraient suivi le mouvement. Mais partout des cris, des bousculades. Ici un fumigène, là un éclat de pierre. Le gaz lacrymo envahit la foule qui tente de se disperser. La police a encerclé la place, aucune issue possible. Le comble serait de me faire arrêter, moi qui suis là presque par hasard. Me croirait-on si, pour ma défense, j'avançais l'argument suivant : ma présence n'obéit qu'au seul but de suivre la plus jolie fille de la Terre. L'idée de la voir hissée sur les épaules d'un inconnu au-dessus de cette marée enragée m'était si insupportable que j'ai couru comme un dératé tout l'après-midi pour la retrouver. On me prendra pour un fou et on aura bien raison.

Je suis un fou avec un projet fou. Je suis fou d'elle, fou parmi les fous puisque nous le sommes tous. Dans sa flamboyance, elle embrase tout sur son passage.

Sa silhouette a de nouveau disparu, happée dans la fumée. Je la cherche du regard partout où mes yeux peuvent se poser sans brûler, autant dire nulle part. Je la sens sans la voir. Dans cet épais nuage gris, un simple jeu de colin-maillard. Nous serions seuls sur cette place. Plus de défilé, plus de manifestation, plus de gaz. Je me sens tomber dans les vapes, quand soudain, on me tire brusquement par la manche. C'est elle, qui me fait signe de filer dans un minuscule passage entre deux rues. Malgré la fatigue et la torpeur, nous courons de plus en plus vite et sans nous arrêter, alors que l'ambiance franchit un nouveau cap. Le vacarme et le gaz m'ont rendu sourd et aveugle. L'essaim d'abeilles se déhanche, rue de toutes parts, dans un dernier sursaut, mouvement totalement désordonné, débridé.

Dans toute cette violence qui se déchaîne, c'est son souffle que j'entends. Son souffle court dont j'imagine le chemin, du dehors au dedans, inspiré en elle, expiré entre ses lèvres roses. Je puise dans cette image la force d'accélérer : la suivre, elle, la fille au souffle court et chaud, au tee-shirt humide. Il faut courir encore plus vite, échapper aux arrestations impromptues, au gaz qui enfume les rues et disperse les manifestants. Courir encore plus vite pour me blottir contre elle. Encore quelques mètres. Nous ne sommes plus très loin de chez elle. Nos rétines brûlent, tout devient flou. Je me dis que Paris floutée pourrait être une autre. Il faudra amener Irène à Nice, qu'elle admire la lumière, que son corps souple se dore au soleil, quand toute cette folie cessera.

Nous poussons la porte cochère et nous engouffrons dans le hall de l'immeuble. À bout de souffle, nous nous effondrons par terre, à moitié inertes, soulevés par des quintes de toux. Son souffle s'apaise peu à peu, le rythme de sa respiration s'adapte au mien. Je l'entends mieux à présent.

L'instant arrive. Il doit arriver. Elle me tend un pavé : « En souvenir : un morceau de Paris pour mon Niçois préféré », chuchote-t-elle en me tendant ses lèvres.

J'interroge, interloqué :

– Tu t'es trimballé le pavé jusqu'ici ? Ça pèse une tonne !

– Il faut avoir le goût des symboles et le sens du panache, répond-elle dans un éclat de rire.

La beauté de son geste appelle le désir. Je m'apprête à cueillir un baiser sur sa bouche quand la porte cochère s'ouvre à nouveau : d'autres jeunes gens comme nous ont trouvé refuge. Gérald, Serge,

Félix et les autres. Nous rions de nous retrouver là, crasseux mais entiers, et montons prendre un verre et nous raconter nos péripéties. L'instant est passé.

Je me mordrai les doigts longtemps de ne pas avoir saisi ma chance ce jour-là. Cette image planera comme une ombre : Irène criant dans la foule, brandissant un vieux drap barbouillé en guise de banderole, hurlant à la vie, dans la plénitude de sa jeunesse, ses lèvres offertes et inaccessibles.

– Irène ? Partie en Argentine ! Envolée !

– Quand ?

– La semaine dernière. Sûrement un coup de tête, tu la connais !

– Pourquoi l'Argentine ?

– Et pourquoi pas ? Elle a rencontré un photographe argentin qui lui a tout de suite proposé le grand voyage. J'ai bien essayé de l'en dissuader, mais sa décision était déjà prise.

Les mots de Gérald me parviennent assourdis et je dois tendre l'oreille pour les entendre distinctement. Je me demande même si j'ai bien compris, tant cette annonce terrible semble incompatible avec le dernier souvenir que j'ai d'elle. Certaines nouvelles peuvent se perdre dans le murmure ouaté des conversations des arrière-salles de café. Il suffirait de les faire fondre. On ne perdrait ainsi jamais les gens qu'on aime, on rattraperait tous les actes manqués et les instants envolés.

Le jour de la course-poursuite et du cadeau du pavé sera donc notre dernière fois. Étrange dernière fois, étrange dernier souvenir. Gorge brûlante, hors d'haleine, palpitations à tout rompre, la pierre sale sous ses doigts. Ce baiser jamais échangé, toujours en suspens, comme une promesse non tenue. Quelque chose avait failli se tisser. Quinze jours plus tard, l'oiseau s'est envolé et il n'en reste qu'un possible évanoui. Irène, imprévisible et versatile. J'ai trop attendu. Irène n'attend pas. Un instant elle est là tout près, à portée de vous, mais il avait suffi d'un rien pour tout faire basculer. Un photographe argentin à la peau satinée, l'idée folle de tout envoyer en l'air. Irène est révolutionnaire un jour, exploratrice le lendemain. Elle veut tout faire, tout voir, consumer la vie et surtout à contre-pied, à rebours des convenances, sans le moindre égard pour le qu'en dira-t-on.

J'ai appris plus tard que l'Argentin était l'inconnu qui l'avait portée sur ses épaules. Elle avait préféré le genre ténébreux. Lui avait promis, avait su offrir un ailleurs tangible. Moi, depuis notre rencontre, j'avais échoué sans cesse. Elle avait besoin de cette urgence, d'une vibration, d'un battement effréné. Elle voulait croquer le monde ; moi, je me contentais de le contempler. Nos aspirations allaient à contre-sens ; l'attirance, seule, n'avait pas suffi.

Irène restera mon mirage.

La main dessine comme un disque rayé. Les mêmes gestes, les mêmes tentatives se répètent, mais il manque toujours quelque chose. Ce sont les plans intérieurs qui patinent, engoncés dans des schémas vus mille fois. Les pièces s'agencent dans une affligeante banalité sans que la main ne parvienne à les extraire. Quelque chose manque, inexorablement. À main levée, les schémas se succèdent sans qu'aucun ne se détache. Tout semble étriqué. Or, l'objectif est bien de dépasser ces convenances qui corsètent tout.

La forme géométrique simple et épurée du parallélépipède, fondue dans la nature, pose certes un premier jalon, mais ce n'est pas suffisant. Les grandes baies vitrées, savamment orientées pour attraper au mieux la lumière, seront les symboles de l'idée d'ouverture que la main recherche tant. La maison idéale ne peut qu'être en accord avec ces grands principes inculqués par le maître, même si le maître, tant admiré jusque-là, vient de tomber de son piédestal.

Derrière le génie architectural, la lecture d'un article subversif vient de dévoiler l'inimaginable. Sur les bancs de l'école, les professeurs s'étaient bien gardés de l'évoquer. L'époque est lâche et préfère dissimuler sous le tapis de l'hypocrisie la poussière des jours terribles. Six années de guerre où le pire de l'homme avait surgi, où les idées les plus crasses avaient fait foi sans choquer personne si ce n'est une poignée de résistants. Mais dès l'armistice signée, les bouches s'étaient tues, la poignée de résistants était soudain devenue légion. Aujourd'hui, les mauvaises pensées ont été balayées, les abjections d'hier muselées. Le monde est passé à autre chose.

Le Corbusier faisait partie de ceux-là. Habité par la haine d'un peuple et l'obsession hygiéniste de régénérescence de la race, d'élimination des indésirables : le maître, le grand maître, tant admiré, avait partagé ces théories ignobles.

La main s'agace sur les feuilles noircies, enrage d'avoir été bernée. La déception est proportionnelle à l'admiration qu'elle lui a vouée. Comment peut-on promouvoir la recherche absolue de la lumière quand l'obscurité règne en son for intérieur ? Comment peut-on prôner une architecture qui multiplie les perspectives en ayant par ailleurs des pensées aussi étriquées ?

Alors la main fait un pari avec elle-même : redonner du sens à cet absolu dévié du droit chemin, se promettre de concrétiser cet idéal. Libérer les maisons, les baigner de lumière, les ouvrir pour de bon, envers et contre tous.

9

Basculer

Moi, l'ombre, je me glisse partout où elle va. Je suis le veilleur de ses jours et de ses nuits. Depuis qu'elle m'a fait naître, je suis tour à tour l'eau et l'air, tantôt écume des vagues, tantôt buée du percolateur. Les nuages et les goélands me reconnaissent, ils me saluent au passage. J'ai appris à voler aussi bien qu'eux, de l'océan au café d'Irène, au gré des allées et venues de Claire qui, invariablement, passe de l'un à l'autre, sans jamais s'en détourner. Je guette ses mouvements, prie pour qu'elle trouve la paix, j'attends le moment où elle parlera enfin à Irène. Mais elle hésite, tâtonne, tremble rien qu'à l'idée. Et moi, j'apparais pour lui donner du courage.

À quoi sert une ombre si ce n'est à cela ? Se repaître de l'observation des vivants, les guider comme des pantins désarticulés, leur apprendre à marcher, souffler le vent d'est sur les fausses pistes, éclaircir l'horizon avant de disparaître. Car les vivants finissent toujours par nous échapper, et nous aussi, nous leur échappons, et cette partie de cache-cache triture les songes et tourmente les esprits. Un simple jeu de miroir où les uns et les autres projettent leur solitude, essaient d'attraper leur reflet sans y parvenir jamais.

Le reflet de ma Clairette, lui, s'est arrondi. Chaque jour un peu plus, une pelure supplémentaire, légère, subreptice. Il faut vraiment bien la connaître pour s'en apercevoir, mais à présent, oui, c'est tout à fait net : une bosse a poussé sous sa robe. Cela m'a d'abord intimidé. Je n'osais plus m'approcher trop près. Et puis la curiosité l'a emporté. Ma toute petite Claire était devenue un refuge à elle toute seule, elle qui justement s'était mise en quête d'un abri.

Le ressac avait pris place en elle. Claire accueillait cette transformation avec fatalité. La métamorphose opérait lentement. Son ventre s'arrondissait, ses seins se tendaient sous ses vêtements. Elle avait peu à peu délaissé ses pantalons pour des robes en coton ou en molleton dont le tissu extensible permettrait de continuer à grossir sans se sentir à l'étroit. Liberté chérie. La vie poussait en elle au moment où la mort lui ôtait sa racine. Deux mouvements inverses s'étaient emparés d'elle. Elle rêvait de l'un, qui n'était plus, et de l'autre, qui allait être. Le passé et l'avenir. D'ordinaire, on s'appuyait sur l'un pour faire germer l'autre. Mais pour elle, le cours des choses adviendrait différemment. Il faudra se débrouiller seule, sans mère, sans père.

Parfois, Raphaël apparaissait en image dans un coin de sa tête. Le complice de toujours, l'ami sur qui elle avait toujours pu compter, allait maintenant devenir le père de son enfant. Ils avaient traversé les années côte à côte, en parallèle, avec l'idée qu'ils pouvaient chacun être le joker amoureux de l'autre, une fois toutes leurs amours épuisées.

Il suffirait d'un coup de fil, d'une lettre, pour qu'il accoure et assume ses responsabilités. Raphaël aurait été ce genre d'homme qui assume les conséquences de ses actes. Mais Raphaël ne savait pas, ne saurait jamais. Leur dérapage ne devait avoir aucune conséquence sur sa vie à lui. Il était temps de rompre ce pacte tacite. Il n'y avait de toute façon pas d'amour entre eux. Rien, si ce n'était quelques souvenirs d'enfance, complicité des jours innocents, et ce soir d'été où ils s'étaient consolés de cette existence décevante qui ôtait les vies et défaisait les couples à petit feu.

Raphaël était venu à la librairie piocher dans les étagères un prétexte pour voir Claire. Elle le connaissait par cœur. Quand il se hasardait au rayon poésie, il était amoureux ; quand il attrapait un polar, la belle lui faisait des misères ; quand ni l'un ni l'autre ne trouvait grâce à ses yeux, l'heure était grave. Il en était au troisième stade.

Raphaël tournait et virait entre les rayons en attendant la fermeture. Une fois le dernier client parti, Raphaël aida Claire à descendre le rideau métallique dont le choc sourd contre le sol fit trembler les étagères. Claire en avait passé des heures à consoler Raphaël de son mariage en plein orage ! Cette fois, il ne dit rien. Elle savait déjà tout.

Le faible éclairage de la remise projetait un doux halo hors du temps. En suspens, dans l'air, se tramait un dérapage. Les silences autorisent tout. Claire s'était approchée, avait tendu son long cou vers celui qu'elle connaissait si bien. Seuls ceux qui partagent nos souvenirs d'enfance nous inspirent cette tendresse particulière. Ils se situent dans la catégorie hors compétition sur l'échelle de la complicité et de l'indulgence, comme si le passé leur donnait un crédit infini. Ils seraient à jamais ancrés en nous, friandise colorée de l'âge tendre. Un baiser, puis un autre, et l'enlacement embrasa leurs corps entiers.

Autour d'eux, les âmes errantes des personnages de romans les observaient. Les piles sur les tables et les étagères bien rangées, plongées dans la pénombre, plantaient le décor de cette parenthèse. Ils avaient volé à la vie l'étincelle qu'elle leur confisquait.

Quelques jours plus tard, les choses s'arrangeaient pour lui ; il fallait tout oublier… À vrai dire, Claire n'y avait plus pensé. Son père occupait toute son attention, tout son temps. Elle avait été là chaque minute, jusqu'à la dernière. Et puis les événements s'étaient succédé : la mort, le grand vide, l'enterrement, la fuite.

Pendant tout ce temps, la bosse s'était formée en elle.

Ce jour-là, Claire arriva plus tôt que d'habitude. Elle voulait montrer à Irène de nouveaux croquis. Tout était calme, dans l'attente des premiers clients. Le percolateur retenait sa respiration. Claire appela Irène, et machinalement, elle jeta un œil au-dessus du comptoir. C'est là qu'elle aperçut la bottine d'Irène, gisant sur le sol, et le bas de sa robe relevé sur ses jambes inertes. Irène était étendue là, derrière le comptoir, dans ce couloir sinueux où elle tenait chaque jour le premier rôle, coulisses de son art. Claire se rua sur le corps immobile. La vie ne pouvait pas lui jouer ce genre de tours à répétition ! Hors de question !

Mais le cœur d'Irène battait, et la voix de Claire, qui labourait sans relâche, la tira des nimbes. Elle ouvrit difficilement les paupières et comprit ce qui venait d'arriver. La nuit avait été courte, une douleur intense cisaillait son crâne depuis la veille. Quand la céphalée vous accompagne au coucher et qu'elle vous retrouve au lever, c'est le signe qu'une mauvaise journée vous attend. En arrivant au Select, elle avait commencé à installer la salle, en traînant un peu plus que d'habitude. Le premier café de la journée serait pour elle, peut-être desserrerait-il l'étau, comme cela arrivait parfois, par miracle. En passant derrière le comptoir, elle avait tendu l'index vers l'interrupteur du percolateur sans pouvoir l'atteindre. Une lumière crue avait brouillé sa vue, et puis plus rien, jusqu'aux paroles hachées de Claire, en panique, et son souffle chaud sur son visage. La jeune femme respirait fort, l'invectivait sans ménagement pour qu'elle reste consciente. Elle criait presque. Serait-ce une tape sur la joue ? Étrange façon de traiter une femme à terre, pensa Irène. Claire ne cessait de parler, un vrai moulin à paroles, comme si ses injonctions avaient le pouvoir de la sauver. Si elle savait…

– Tenez bon, j'appelle les secours.

La phrase claqua comme une évidence et tira définitivement Irène des vapes. Un « non » catégorique et sonore fut sa réponse. Il retentit comme un boulet de canon qui n'admettait aucune négociation. Irène se débattit et déjà, elle se relevait, au prix de mille efforts. Elle chancelait, se retenait au comptoir, mais elle parvint à se mettre debout et balaya de la main ce qu'elle appela un « passage à vide ». Claire la fit asseoir sur une chaise, lui tendit un verre d'eau, n'osant plus rien dire.

– Je vais devoir prévenir votre mari, alors, tenta-t-elle. Je ne peux pas vous laisser comme ça.

Irène la retint par le bras. Sa peau était froide mais charnue, le cuir souple des métiers manuels. Claire aima le contact de cette main solide qui attrapait les choses et les gens franchement.

– S'il te plaît, insista Irène en réajustant les épingles dans ses cheveux.

Elle répéta en boucle ces trois mots, ne parvenait pas à dire plus. Une larme coula sur sa joue sans qu'elle puisse la retenir. Puis une autre, et une autre encore. Un déluge sur son visage, entre les plis du temps. Les sanglots arrivèrent. Retenus trop longtemps, ils profitaient qu'on ait ouvert les vannes. Et cette pluie lava ses peines sans qu'elle cherchât à les sécher.

Le malaise submergea Claire. Que pouvait-elle dire ou faire pour apaiser cette femme qui avait l'âge d'être sa mère ? La seule idée qui lui vint fut de glisser doucement sa main dans le pli du coude. Elle attira Irène très lentement contre elle et attendit une confidence qui ne vint pas.

Les larmes cessèrent.

Irène esquissa un sourire maladroit mais n'y parvint pas. Elle se massa les tempes avec l'index, les yeux mi-clos, accablée par une immense lassitude et cette douleur qui la prenait en étau.

– Vous avez mal ? devina Claire.

– Je suis fatiguée, répondit-elle, avant d'ajouter :

– Pour les autres, nous dirons que je suis fatiguée.

– Irène, il faut aller voir un médecin.

– Marre des médecins ! grogna-t-elle.

Les analyses, les diagnostics, les traitements qu'on essayait et qu'on changeait, faute d'effets positifs, ceux qu'on gardait mais dont les conséquences détraquaient tout votre corps. Irène avait tout gardé pour elle, n'avait rien dit à personne, avait tenu sa légende de l'intrépide Irène, femme forte, femme courage, femme engagée. Jeune, elle avait voyagé de pays en pays, jusqu'à atterrir ici, dans cette petite ville de l'Ouest, où elle avait fondé sa famille et son café. Elle était devenue un pilier dans la vie de tant de gens. Pour tous ceux-là, ses enfants, son mari, ses habitués du quartier, pour ceux-là, Irène ne voulait pas que cela change. Elle ne voulait pas être considérée comme une malade, elle ne voulait pas qu'on se mette à lui parler différemment, que les sujets de conversation se déportent vers elle. Elle voulait que tout continue comme d'habitude. Sans cela, le mal gagnerait. Il n'y avait rien de plus rassurant que les habitudes, les routines, le quotidien qui se répète : c'est de ce bois que se chauffe le bonheur. Irène le savait, Boris le lui avait enseigné.

Claire ne se résolvait pas à obéir à la requête insensée d'Irène. Elle gardait la main sur le téléphone du café pour se donner du courage, tergiversait, sous l'œil implorant d'Irène. La sonnerie du téléphone coupa court à ses hésitations. Claire tendit le combiné à Irène.

Au bout du fil, un certain Jean-Pierre se présentait comme un ami d'enfance de Boris.

– Je sais que vous avez été très liés, commença-t-il.

– Il y a longtemps, compléta Irène.

– Boris est décédé fin juillet. Vous le saviez peut-être ?

Sans quitter Claire des yeux, Irène enclencha le haut-parleur. Le silence, comme tout, se négocie.

– Que puis-je faire pour vous ? demanda Irène, qui voulait l'inciter à abattre ses cartes le premier.

Il s'inquiétait de la disparition de sa filleule, Claire, la fille de Boris, qu'il n'avait pas revue depuis son enterrement. Était-elle venue lui rendre visite ?

Claire retenait son souffle, comprenant qu'Irène la mettait à l'épreuve : elle lui proposait de la couvrir, en échange de son silence sur l'épisode du malaise.

– Pourquoi moi ? demanda Irène.

Un silence d'hésitation se fit au bout du fil. L'interlocuteur cherchait une réponse valable qui ferait pencher la balance en sa faveur.

– Boris était mon ami. Je suis aussi son notaire. Il m'a laissé un mot pour vous prévenir à sa mort.

Au bout du fil, Irène ne répondait plus.

– Je suis inquiet pour Claire, insista Jean-Pierre. Elle était très attachée à son père. Si jamais elle cherchait à vous joindre…

– Oui, elle est venue me voir, trancha Irène, et cette phrase fit à Claire l'effet d'un coup de lame en plein cœur.

– Elle va bien, vous pouvez rassurer sa famille, reprit-elle.

– Je peux lui parler ?

Au tour de Claire d'implorer. Un échange de regard scella le pacte.

– Elle est repartie, en Espagne, rendre visite à une amie, inventa Irène. Mais je suis sûre qu'elle finira par rentrer bientôt.

– J'espère bien, répondit-il, car nous devons procéder au règlement du testament. Son frère me presse et je ne sais combien de temps je vais encore pouvoir le faire attendre.

Irène nota son numéro et promit de passer le message si Claire la recontactait. Les deux femmes se dévisagèrent. Les événements s'étaient emparés d'elles, rendant chacune complice du secret de l'autre.

Depuis ce jour, Claire avait commencé à travailler au café. Au début, pour aider Irène, et puis de plus en plus par pur plaisir partagé. Tous les matins, elle nouait autour de sa taille un tablier bleu qui rehaussait joliment sa forme arrondie. Ce nouvel accoutrement lui avait tout de suite plu, tout comme le décor alentour. Elle s'y était sentie à son aise, calquant ses gestes sur ceux d'Irène, qui était heureuse, en fin de compte, d'avoir quelqu'un à qui transmettre le métier. Aucun de ses enfants n'en avait eu envie. Chacun avait tracé sa route loin du café. Avec la fille de Boris, Irène se sentait en confiance. Le pacte entre elle avait scellé une amitié. Irène se mit à dérouler son propre récit, morceau par morceau, dans l'espoir qu'il libère la parole de Claire.

Irène avait grandi dans une famille de pêcheurs. Sa mère tenait un bistrot un peu comme le sien. À dix-huit ans, elle ne rêvait que de liberté : monter à Paris, faire des études, explorer le monde. Aux antipodes de ses origines, en somme. Pour y parvenir, elle avait tout organisé : des études de sociologie à la capitale en logeant chez une cousine qui vivait sur place et gagnait sa vie comme journaliste pour Europe n° 1. Jeanne avait trente ans, vivait seule, ne s'était pas mariée. L'incarnation même de l'indépendance…

– Tu parles si je l'admirais !

– Et vos parents ? Ils étaient d'accord que vous partiez ?

– Au début, oui. Ils aimaient l'idée du progrès social, je crois. Ma mère, surtout, rêvait que je fasse des études, elle qui avait vécu toute sa vie coincée derrière son bar, à attendre, le nœud au ventre, un mari qui partait en mer par tous les temps, puis rentrait sans prévenir, titubant jusqu'au bar pour servir sa tournée aux copains. Elle le ramassait au soir, imbibé d'alcool… Une vie pas marrante… Alors bien sûr, si sa fille pouvait se débrouiller autrement, faire des études, trouver « un mari de la ville », comme elle disait, elle n'aurait pas été contre.

Irène tira de sa poche une petite photographie aux angles dentelés, selon l'usage de l'époque. Une femme très belle arborait un sourire pincé derrière un comptoir de bar. Les cheveux tirés en arrière mettaient en valeur ses traits et ses grands yeux noirs qui regardaient droit l'objectif. Elle portait un tablier clair sur une robe simple. Sans fard ni bijoux. On devinait la modestie, qui n'a jamais empêché la fierté ni les loyautés.

– Mais votre chemin a bifurqué.

– Oui, on peut dire ça. Mes études devaient se terminer en 68. Le mois de mai a complètement chamboulé nos vies. On manifestait, on se révoltait. Sauf ton père ! Pour lui, seul comptait son projet de maison libre. « Sans toit ni cloison. » Sans entrave. On vivait sur deux planètes différentes. Nous nous sommes moins vus.

Surtout, un événement inattendu avait dérouté tous ses plans. Il y avait eu cet homme rencontré au printemps. Bertrand était un ami de sa cousine Jeanne et travaillait comme elle à la radio. Tous deux avaient des convictions. Les idées fusaient lors des soirées enfumées des cafés parisiens… Ah, les cafés parisiens ! Ce n'était pas la même chose que le comptoir de sa mère ! Irène regardait tout ça avec envie, avec gourmandise, rêvait de faire partie de ce monde-là… Le charisme de Bertrand l'avait tout de suite subjuguée. Brun, le regard perçant, il parlait des changements de la société, de la politique dépassée du Général, des grands bouleversements à venir, inévitables. Elle buvait ses paroles.

Un soir, Bertrand l'avait embrassée et elle s'était laissé faire, le cœur battant. Ils avaient passé quelques jours passionnés et Bertrand lui avait annoncé fièrement qu'il avait enfin obtenu la mutation dont il rêvait tant : il était promu envoyé spécial en Argentine. Si elle voulait, elle pourrait le suivre.

– J'avais manqué les derniers mois de cours, ainsi que les rattrapages. Je n'avais donc pas obtenu mon diplôme. Tant pis ! Il fallait vivre. J'avais déjà l'esprit ailleurs, dans ce pays lointain qui m'arrachait définitivement de mon petit village de province. Enfin, j'allais exister !

– Mais les rêves sont des châteaux de sable, n'est-ce pas ?

– Ton père a réalisé le sien, lui. Tous ne s'écroulent pas. Et puis le mien était imprécis. Je ne sais pas ce que je voulais. Bertrand a voulu qu'on se marie, je suis tombée enceinte, il a commencé à boire plus que de raison, il est devenu violent. Je revoyais la même folie que j'avais si souvent vue chez mon père. Nous avons eu un accident de voiture, il avait encore bu et nous nous étions disputés. C'en était trop : je refusais de subir ce que ma mère avait subi. Je suis rentrée en France avec un petit être qui poussait en moi.

Irène reprit le fil :

– Quand ma mère a découvert que j'étais enceinte, elle a tenu Paris et ma cousine pour responsables : dans le même sac ! « Tu me fais honte », m'a-t-elle dit.

La honte avait été d'autant plus forte qu'elle avait cru elle-même aux bienfaits émancipateurs des études à la capitale. Il n'était plus question d'aller à Paris, ville de débauche depuis ce mois de mai 1968 qui avait détourné la jeune femme du droit chemin. Il n'était plus possible de reprendre des études, et Irène n'avait plus d'économies de côté pour s'assumer seule. La machine de guerre se mit en marche : on l'envoya chez une tante, laquelle connaissait un médecin qui pratiquait des avortements clandestins.

– Je n'ai pas pu. Puisqu'on me privait de mes études, de Paris, de cette révolte qui grondait, j'ai choisi de désobéir et j'ai gardé l'enfant. Ma tante m'a prise en pitié et m'a aidée.

Irène avait tout quitté : ses rêves, ses espoirs, les idées nouvelles qui avaient germé, une autre vie qu'elle avait imaginée meilleure. Elle s'était retrouvée ici, à T., le ventre plein, loin de tout, presque seule. L'océan avait bercé la jeune femme comme il l'avait fait avec Claire.

– Et puis j'ai rencontré Gaston. Il m'a acceptée, il a reconnu et élevé mon bébé comme son propre fils, et j'ai fini par m'établir pour de bon dans la région.

– Et le café ?

– Le patron de l'époque m'a embauchée après la naissance du petit. Je voulais travailler, être indépendante. Pour ça, Mai 68 avait fait son chemin ! J'ai repris l'affaire quelques années plus tard, quand il est parti à la retraite. J'ai emprunté pour pouvoir l'acheter seule.

Elle avait enfin quelque chose à elle, rien qu'à elle. Ce café, c'était toute sa vie !

Les yeux de Claire brillaient d'admiration.

– Il n'y a rien à envier, tu sais. J'ai fini là où j'ai commencé. Comme ma mère.

– Vos idées, votre volonté, votre indépendance : tout est différent ! Moi, je ne sais pas si je vais être capable de…

Un sanglot étrangla sa phrase. De grosses larmes déferlèrent sur ses joues. Le barrage avait sauté. Il lui semblait être devant une montagne à escalader. Elle, que pouvait-elle ? Elle avait été capable de fuir avant de couler. Oui. Mais encore ? Il lui faudrait affronter encore tant d'épreuves, gravir tant de sommets. Devenir mère. Affronter son avenir. Construire une nouvelle vie. Certes elle avait trouvé refuge ici, et cela lui avait permis de se sentir tout juste assez forte pour vivre au jour le jour. Mais après ? Comment réussirait-elle tout le reste ?

Elle sentit une grande solitude s'abattre sur ses épaules, ainsi qu'une profonde colère.

– Papa, j'ai quelque chose à te dire.

– Je sais.

– J'ai peur.

– Va, ma fille. Tu as assez de force pour ça.

– Je voudrais que tu sois là.

– Je suis là.

– Non tu n'es pas là. Tu es un songe. Je parle à un songe. Je parle à un fantôme comme une folle.

Boris eut soudain l'air très triste. L'impuissance du père est un grand malheur. Mais l'inverse est aussi vrai. Sans père, une fille est si vulnérable, à la merci des tempêtes du monde.

Claire regrettait déjà le dérapage qui s'annonçait. L'onde enflait en elle.

– De quel droit m'as-tu abandonnée ? De quel droit ?

– Je ne t'ai pas abandonnée. C'est toi qui m'as libéré.

L'écume au bord des lèvres avait un goût amer. Toujours ce sentiment d'injustice qui se mêlait à la houle, n'en finissait pas d'aller et venir sans jamais la quitter, la faisant souffrir sans ménagement.

La lumière blanche du début d'après-midi éclaboussait à la verticale l'étendue incoercible de l'eau. L'eau partout, infinie, remplissait son champ de vision, malmenait sa rétine, grondait dans ses oreilles. Le bruit recouvrait tout, les cris des enfants, les piaillements des oiseaux, jusqu'au son métallique de la ville. Sa raison ramollissait dans les va-et-vient incessants qui lui emplissaient la tête, les narines, et les oreilles.

Elle eut une subite envie de rouler, rouler, vite et loin. La voiture était l'antre de sa liberté, de sa fuite.

Il y avait maintenant quatre mois qu'elle était partie. Novembre avait déposé une fine couche de neige sur la campagne, un givre délicat qui parsemait les champs, à mesure que l'on s'éloignait de la côte. Claire aimait rouler sur ces routes, perdues dans les terres. Les lignes n'étaient pas toujours tracées et il y avait une sorte de vertige supplémentaire. Vous ne saviez plus où vous étiez. Vous étiez perdu. La fine pellicule blanche parsemait l'horizon de poésie, vous étiez désarçonné par la beauté fragile du monde. C'était tôt le matin ou bien tard dans l'après-midi qu'on observait le mieux ce paysage. Vous vous sentiez vulnérable, un petit point au milieu du néant. Parfois, un érable marquait une tache rousse dans un champ. Parfois, c'était toute une forêt dense, en dégradés de jaune, de brun, de rouge, que le soleil éclairait soudain pour mieux vous éblouir. Plus loin, des fagots de bois empilés et les maisons des paysans aux toits de tuiles, perdues au milieu des champs, troupeaux en liberté, immobiles. La nature a ce sens inné de la mise en scène. Chaque chose trouve sa place.

Parfois, un épais brouillard recouvrait tout. Il n'y avait plus qu'à imaginer. Ou bien appuyer sur l'accélérateur, se laisser porter, voir ce qui se passerait ensuite. Le chaos ou la lumière. Depuis la mort de son père, Claire était prise de ce genre de vertiges. Laisser la vie décider pour elle, foncer un peu plus encore et voir si tout explosait autour d'elle.

Boris, la librairie, la lumière du Sud...

Tout cela semblait appartenir à une autre existence, comme un souvenir lointain plongé dans la brume. Restait-il encore quelque chose de cette vie-là quelque part, ou bien tout s'était-il évanoui après son départ ?

Soudain, il n'y aurait plus eu de Claire Ricourt. Les gens se souviendraient d'elle comme d'un personnage de roman. Une légende. Oui, ils avaient bien connu une Claire Ricourt, mais elle s'était évaporée et personne n'avait plus jamais eu de ses nouvelles.

Était-ce seulement possible ?

Claire en aurait presque rêvé.

Elle crevait d'envie de disparaître, espérait que personne ne la cherche ni ne la réclame ni même ne se souvienne d'elle. Ce serait comme si toutes ces dernières semaines n'avaient pas existé. Des larmes coulèrent sur ses joues, acides, presque sèches. Il commença à pleuvoir sans que cela ne l'arrête. Bien au contraire. Le ciel pleurait avec elle, et ces larmes venues d'en haut l'accompagnèrent, la bercèrent. Les essuie-glaces raclaient les gouttes et tout reprenait l'instant d'après. Le mouvement régulier des balais pour la consoler, comme on frotte le dos à un malheureux. Son chagrin était aussi immense qu'inavouable, et il n'y avait que ces longues errances sans but sous la pluie pour l'apaiser, les pensées en flottaison au fil des virages et des changements de vitesse. Les feux coloraient le paysage avec la régularité d'un métronome, et il y avait quelque chose de rassurant dans ce rythme strict, rigide, comme une preuve tangible de la vie qui continuait. Malgré tout, le monde réel poursuivait son cours, indifférent.

La douce musique aquatique éclaboussait le pare-brise. Claire resta de longues heures dans ce bocal hermétique à recevoir la peine du ciel sans la toucher. La pluie venait s'écraser sur les vitres, les essuie-glaces la chassaient, et ainsi de suite, dans une sorte de chorégraphie simple et néanmoins belle, répétée à l'infini. Claire contemplait ce mouvement sans se lasser, qui lavait ses pensées, comme on passe un blue-jean à la machine encore et encore afin d'en obtenir la teinte désirée. En cela, les pluies d'automne avaient du bon.

Elle repensa à ce film où Michel Piccoli jouait un architecte entre deux eaux. Sa voiture faisait des tonneaux sur la route et lui se remémorait les beaux et mauvais moments de sa vie, agonisant dans l'herbe. Son père avait été ce personnage dans *Les Choses de la vie*, à la différence près que, Boris, lui, avait perçu d'emblée ces toutes petites choses, les joies et les peines, qui forment le sel de l'existence. Boris avait eu cette intelligence du cœur, cette intelligence de la vie. Tant de clairvoyance était-elle acceptable sur cette planète ?

Elle appuya un peu plus fort sur l'accélérateur.

La carrosserie frôla le bord de la route, un véhicule, puis un autre.

En face, des appels de phare et des klaxons la sortirent de son vertige.

Elle donna un coup de volant sec, qui fit crisser les pneus en dérapant.

10

—

Vivre, 1974-1995

CERTAINS MOMENTS DE LA VIE, nous les voyons comme un cameraman sur la scène d'un tournage. Je veux dire, derrière un objectif, avec une certaine distance et à la fois un souci nécessairement artificiel de la mise en scène. On se dit : je suis en train de vivre un instant décisif, mon existence en sera modifiée et le souvenir de l'image restera dans ma mémoire à jamais. Alors, que la prise soit la plus esthétique possible ! Que la photogénie opère ! L'impact de l'événement, on le perçoit précisément comme un obus dont on distinguerait le vol, la trajectoire et l'endroit précis où il explose. On regarde la scène les bras ballants, sans pouvoir agir, simplement en dressant le constat qui s'impose. Il y a cette légère distance qui fait penser au cameraman, avec laquelle il voit tout sans participer, tout en ayant le rôle déterminant du témoin capteur d'image. C'est exactement ce que j'ai ressenti le jour où je suis parti avec Rose. L'image me revient intacte chaque fois que je la convoque, avec la même fraîcheur qu'autrefois.

Cette fois, les valises étaient plus lourdes et la voiture plus spacieuse, mais surtout, j'emportais avec moi le plus précieux des compagnons de route. Pendant que je bouclais les derniers préparatifs, Rose m'attendait au café d'en bas. Une dernière ronde avant d'aller la rejoindre. Je l'ai observée depuis la fenêtre de l'appartement vide. Son visage prenait le soleil, impunément. Elle regardait à droite, puis à gauche, comme pour fixer elle aussi dans sa mémoire cette page de son histoire, avant de la tourner. Je l'ai photographiée à son insu, sans me douter que cette image aurait la saveur douce-amère de celles que l'on garde de nos disparus. Elle, sereine, offerte au soleil, pleine de notre vie qui s'ouvrait.

Rose était ma lumière. Par-dessus tout, ma différence. Son Dieu était unité, le mien, trinité. Ses ancêtres venaient de l'est, ils chantaient en ondulant les arabesques ; les miens tenaient les notes en descendant les gammes. Dans son sang, coulait cette mélancolie qui résonnait de plusieurs millénaires de menaces, de persécutions, de pogroms et d'exil. Dans le mien, les tranquilles campagnes françaises, l'arrière-pays au destin mêlé à celui de l'Italie, où les églises tenaient debout au milieu des villages. Rose voulait chasser le passé qui pesait sur ses épaules frêles. Elle n'y parvenait pas. Les années de guerre n'étaient pas loin, les fantômes venaient visiter ses nuits. Parfois, elle se réveillait en sueur en poussant des cris d'effroi, et moi j'étais bien incapable de l'apaiser. Jamais ne racontait-elle ses mauvais rêves. Jamais n'a-t-elle dit ce qu'elle avait vécu pendant son enfance, le périple qui les avait conduits, elle et les siens, jusqu'à Paris.

Elle disait qu'elle était trop jeune pour se souvenir. Petit mensonge pour nous épargner. Pudeur délicate. Avec Rose, on ne parlait pas de ces choses-là, seul le présent comptait. Je ne saurai jamais. Il y avait les survivants, il y avait les absents parmi lesquels sa mère et sa sœur aînée. Mais la vie devait continuer, vent debout. Et moi, je n'ai cessé d'y penser toute ma vie, comme si ses fantômes à elle avaient infiltré mes pensées, et qu'ils attendaient là, en coulisse, sans que je ne puisse rien faire. Je ne pourrai même pas transmettre son histoire à mes enfants, les siens.

Je crois qu'il y avait une urgence en elle à dépasser ces mauvais coups du sort et leurs retentissements inéluctables sur les générations d'après. La force de Rose m'impressionnait : elle, toute fine, le teint pâle, ses longs cheveux clairs, était en lutte perpétuelle avec le passé, se battait comme une guerrière intrépide, avec pour seule arme sa détermination à vouloir dépasser l'Histoire.

Mais surtout, pour bien comprendre quel genre de femme a été Rose, il faut rappeler son acharnement à rassembler au-delà des différences. Nos traditions, nos coutumes, nos prières, nos histoires : tout nous séparait. Peu importait. « Nos valeurs sont les mêmes », résumait-elle. Et elle répétait ce leitmotiv sans un regard pour ceux qui doutaient.

De mon côté, j'entendais les sarcasmes et l'inquiétude :

– Et l'enfant ? Comment l'élèverez-vous ?

À cette époque où l'ombre de la guerre planait encore sur les esprits, les mariages mixtes étaient rares. Je faisais bloc avec elle, clôturais le sujet d'un simple « ça ne vous regarde pas ». Je lâchais la phrase comme on lâche un chien, sur un ton ferme, sans appel. Les mines sceptiques, la froideur : mieux valait tout chasser du revers de la main. Au moindre début de commentaire, je tranchais dans le vif et coupais net les mauvaises pensées qui couraient comme des vipères sur les chemins de la bienséance.

Nous voulions une famille à nous, rien qu'à nous, qui ne ressemblerait à aucune autre. Ni à la sienne ni à la mienne. Une création originale. Dessin libre.

Ma liberté a toujours été mon bien le plus précieux. Vivre sans entrave, faire confiance à son propre jugement, au tressaillement du cœur, suivre son envie sans se soucier de rien d'autre, du qu'en dira-t-on, des attentes de la société, de la famille ou que sais-je encore. Certains peuvent y voir de la facilité. Je crois pourtant qu'il n'est rien de plus acrobatique ni de plus périlleux que de poursuivre cet idéal de simplicité. Combien d'heures de travail acharné a-t-il fallu à Mies van der Rohe pour aboutir au « *less is more* » ? L'épure. Avoir la modestie d'une existence simple, où l'essentiel ne se survole pas mais se vit pleinement, où l'envie guide les pas.

L'époque s'y prêtait encore. Les technologies commençaient déjà à envahir notre quotidien, mais il restait encore ces plages vides de temps, où personne ne pouvait nous joindre. Je crois que j'aurais eu beaucoup de mal à être jeune dans les années 2000, où le mystère n'a plus sa place, où tout est tracé : les humeurs, les mouvements, les amis, les centres d'intérêt. Tout se trace et tout se mesure, et les plans des architectes se travaillent à l'ordinateur. Jamais pu m'y faire.

Nous avons quitté Paris, gagné le Sud, la Méditerranée d'huile. Rose a découvert la lumière éblouissante du Sud, et ce fut une révélation. Quel émerveillement de se retrouver tous les jours sous la houlette du soleil roi ! Ma Rose n'en revenait pas. Ses cheveux sont devenus plus clairs encore au soleil. Elle enduisait de monoï sa peau pâle. Il ne se passait pas une semaine sans qu'elle ne se baigne, été comme hiver. Elle disait qu'il était extraordinaire d'habiter un endroit aussi lumineux, une chance. Et moi, je me disais qu'elle n'avait jamais été aussi belle et aussi sereine. Étais-je parvenu à chasser ses démons, à lui apporter enfin la paix ?

La lumière, encore, était venue à mon secours.

Pendant les années 1970 et jusqu'au milieu des années 1980, j'ai goûté la succession des jours radieux. Le monde était en effervescence mais nous, nous vivions repliés sur le projet d'être heureux. Il faut beaucoup de concentration pour poursuivre un tel but dans la vie et ne pas se laisser parasiter par le reste. Avec le recul, je crois que c'est à ça qu'on reconnaît les gens comblés : à leur égoïsme.

La guerre froide divisait l'Occident en deux, l'économie du Japon se développait à la vitesse de l'éclair, les chocs pétroliers secouaient le monde, la guerre Iran-Irak causait un million de morts. Et nous, nous ne pensions qu'à nous.

On commençait à parler du sida, le premier président socialiste abolissait la peine de mort, les attentats pleuvaient sur l'Irlande du Nord. Nous, rien que nous.

C'était l'époque du premier Walkman, du premier caméscope, du premier disque compact, du premier téléphone mobile, du Minitel, du TGV, du déferlement des radios libres, du premier vidéo-clip. John Lennon était assassiné, Gainsbourg devenait Gainsbarre, Madonna chantait *Like a Virgin* et Prince *Purple Rain*. Rien d'autre que nous.

Nous avons traversé les événements sans nous arrêter, avec la certitude que le plus important résidait dans notre foyer, dans notre lit. La vie concrète et pratique de tous les jours prenait le dessus. L'essentiel se nichait précisément dans ces petites choses qui font le sel de la vie, les croissants du dimanche, les premiers pas et les rires des enfants, le patin à roulettes sur la Promenade, les sorties d'école, les pique-niques sur la plage, les anecdotes des collègues à la machine à café, les courses et les factures. Rien d'autre.

En 1984, les Rita Mitsouko interprétaient *Marcia Baïla*.

Mais c'est la mort qui t'a assassinée, Marcia
C'est la mort qui t'a consumée, Marcia
C'est le cancer que tu as pris sous ton bras
Maintenant, tu es en cendres, en cendres
La mort, c'est comme une chose impossible
Et même à toi qui es forte comme une fusée
Et même à toi, qui es la vie même, Marcia
C'est la mort qui t'a emmenée

Le vide.

En 1986, Tchernobyl, la plus grande catastrophe nucléaire du XXe siècle s'abattait en Europe. En 1987, Jean-Jacques Goldman chantait *Puisque tu pars*. En 1989, la chute du mur de Berlin et le massacre des manifestants de la place de Tian'anmen.

Soudain, le quotidien a cessé d'être imperméable au reste du monde. Je me suis mis à regarder autour de moi et les bouleversements extérieurs sont entrés en résonance avec ma vie. Les guerres, les séismes, les catastrophes, les chansons et les films me touchaient en plein cœur. Dans chaque événement, je décelais un écho, un signe. Le monde extérieur a pris un relief qu'il n'avait jamais eu pour moi auparavant. Jusque-là, le monde se résumait à ma Rose.

Puisqu'elle n'était plus, puisque ma vie s'était effondrée, le bateau prenait l'eau, et le monde des autres s'est infiltré.

Ont commencé alors les années arides, à serrer les dents. Il fallait non seulement traverser ce coup du sort, mais assumer seul la vie familiale dont chaque épisode, chaque geste anodin avait pris le goût doux-amer du « plus jamais comme avant ».

Arthur avait neuf ans, Claire cinq. Que dire à des enfants qui, en quelques semaines, voient leur mère s'affaiblir puis s'éteindre, sans autre forme d'explication ? Je n'ai plus eu de mots. Plus de mots pour parler d'elle.

C'est à ce moment-là qu'Arthur est devenu taciturne. Une colère est venue obscurcir son regard. Sans doute m'en voulait-il de ne pas avoir de mots, justement, de ne pas le consoler assez bien. Rose, elle, savait si bien. Elle faisait s'envoler les chagrins d'un baiser sur le front, d'une parole douce à l'oreille, d'une caresse. Lui semblait en vouloir à la Terre entière, et moi je ne savais que faire de toute cette rage, de toute cette noirceur. Ma maladresse l'a fait fuir, mon affection ne compensait jamais assez. Un crève-cœur de le voir se refermer sur lui. Les psychologues ont aidé, un peu, avec le temps, à apaiser sa colère, sans l'effacer tout à fait. Les années charnières ont filé, celles qui tissent une relation d'un fil suffisamment solide pour pouvoir durer. L'affection qui se perd à ce moment-là ne se rattrape pas. Arthur est devenu un adolescent indépendant, avec des amis et de bons résultats scolaires.

Aujourd'hui, il a quinze ans, c'est un étranger.

Nous sommes en 1995. Claire a onze ans.

Du haut de son jeune âge, elle pose doucement sa main sur ma joue, avec précaution, comme si elle effectuait un geste magique ou d'une grande technicité. Avec sa caresse d'enfant, elle me console. Impossible de fléchir devant ce sourire-là. Petit brin de fille déjà courageuse, comme sa mère. Sa gaieté est un baume sur mon cœur.

Claire est née avec cette joie naturelle, ce don de la nature, cette grâce que j'ai connue chez sa mère. Parfois leurs sourires se superposent et la réminiscence me trouble quelques instants. Quand elle me racontait l'école, les copines, les activités, les menus à la cantine, les récréations, ses mots à elle sautillaient, voletaient dans les airs, comme une libellule tournoyant élégamment. Ses mots m'ont sauvé. Ses mots d'enfants, sa légèreté, son souci de tous ces détails qui ont une importance capitale à cet âge. Après, tous ces détails passent. Et avec eux, la beauté du monde. Et avec eux, la joie.

Le vendredi, je venais la chercher à la danse. J'arrivais plus tôt et j'entrebâillais la porte sans qu'on me voie. Par la fente, je l'observais, sérieuse et appliquée dans son tutu rose. Dès que le professeur tournait le dos, elle singeait un entrechat malicieux, se trémoussait pour faire rire les copines.

La regarder vivre m'a donné le souffle. Contempler ses cheveux blonds, mêler mes larmes à cette image pour me brouiller la vue et croire un instant retrouver ceux de sa mère.

Les années ont passé. J'ai soigné, consolé, conforté, fait à manger, lu les histoires du soir, résolu les petits chagrins, mis des pansements sur les bobos aux genoux, chanté les berceuses du soir, apaisé les cauchemars, signé les mots dans les cahiers, séché les larmes, arbitré les querelles entre frère et sœur, grondé aussi parfois. Toutes ces choses que l'on fait quand on est maman ou papa. Ou les deux.

11

Tout recommencer

QUAND CLAIRE ROUVRIT LES YEUX, elle vit d'abord les gouttes de pluie qui s'accumulaient en essaim et butaient le long de la grande fêlure centrale. Les essuie-glaces avaient été recourbés en plein ballet dans l'accident et le mouvement mécanique continuait dans le vide, tel un automate fou. Elle suivit le trajet contrarié des gouttes sur le pare-brise, mais cela ne fit qu'enliser un peu plus son esprit. Elle plissa les yeux comme son père le lui avait appris devant les tableaux des impressionnistes. Il disait qu'on les contemplait encore mieux ainsi. En suivant la méthode, elle recomposerait le paysage derrière les gouttes d'eau. Et en effet, comme par magie, au bout de quelques instants, le champ s'élargit. L'écorce d'un arbre. Puis la sève perlant par endroits. Le feuillage parsemé. Au loin sur la gauche, la route goudronnée qui l'avait éjectée.

Comme toujours, il savait tout, réparait tout, ce père omnipotent et omniprésent. « Mon père, c'est le plus fort. » Pas de plus criante vérité que celle-là ! Le monde commençait à l'enfance avec ce constat et il durait toute une vie. À cette pensée, Claire sentit un sursaut de son chagrin la prendre par surprise. Ce souvenir d'elle et lui, main dans la main, devant les toiles de Pissarro du musée d'Orsay, et son frère assis par terre, croquant de sa main d'enfant les toiles sur un carnet. Tous trois plissaient les yeux, restant des heures dans ces grandes salles hors du temps, absorbés par ces merveilles qu'on ne trouve en grappes qu'à Paris. Ils avaient profité des vacances scolaires pour faire du tourisme à la capitale. Claire revoyait distinctement la scène, son père ébahi par ce phénomène comme s'il le découvrait pour la première fois, avec cette capacité intacte de s'émerveiller : « Incroyable, non ? On voit mieux en fermant les yeux ! »

Et c'est précisément ce qu'elle eut envie de faire, fermer les yeux à demi, rester dans le flou, et pourquoi pas, les clore complètement, se laisser glisser dans le passé plutôt que de remonter à la surface pour retrouver une réalité froide et humide.

Une main sur son bras l'en empêcha. « Mademoiselle ! » Elle crut un instant au mirage paternel. La voix résonnait sourdement, comme à travers un bocal, ricochait contre les parois avant de l'atteindre. Mais l'homme avait une telle énergie que les mots agissaient comme des coups de fouet. La voix haussa le ton : elle exigeait de rester avec elle. L'adrénaline qui pulsait dans le timbre démantelait toute tentation de glisser dans la torpeur.

Claire fixa le regard sévère posé sur elle. Un éclat particulier y brillait, une lumière assurée. Ce regard, bien vivant et tenace, cherchait à saisir le sien.

Alors Claire sortit du bocal. Une main longue parcourut sa joue, son front, ses tempes, tâta son pouls, cherchait en hâte des signes objectifs rassurants.

– Essayez de me dire quelque chose. Est-ce que vous m'entendez ?

– Oui, murmura-t-elle.

Le flou se dissipait dans l'image, le coton s'évaporait. Le monde réel lui revenait, amer et tranchant. Elle ne pouvait plus se dérober.

– Comment vous sentez-vous ?

Claire ouvrit ses bras repliés autour de son ventre, déboutonna son manteau et lança un regard inquiet à l'inconnu. Tous deux fixèrent la bosse en silence. Une vague s'anima, que Claire d'instinct caressa, l'inquiétude vissée aux lèvres.

– Vous voulez que je prévienne quelqu'un ? Le père ?

« Il n'y a pas de père. Plus de père. Aucun père. »

Et tout lui parut insupportable. Cette stupide question et cette image pathétique qu'elle donnait d'elle-même avec ses sanglots impudiques. Sa voiture emboutie à des centaines de kilomètres de chez elle signait comme le point d'arrêt de sa fuite. Était-ce donc si difficile de partir ? Et ce bon Samaritain à côté d'elle : que lui voulait-il ? N'y avait-il pas un soupçon de voyeurisme et de curiosité dans sa démarche ? Elle aurait voulu fuir, encore, puisqu'il faudrait sans cesse échapper au sort, mais elle pouvait à peine bouger. Elle maudissait l'épais brouillard qui l'empêchait de se lever et qui la condamnait à s'en remettre à cet homme à côté d'elle, cet inconnu qui se permettait toutes sortes de familiarités.

Il avait posé sa veste sur elle, essuyait ses larmes et lui tenait maintenant la main comme à une petite fille, pour lui donner du courage.

Il murmurait des « ça va aller » en boucle. Les secours étaient en route, il ne fallait pas s'inquiéter.

Julien avait suivi le camion de pompier qui avait emmené Claire à l'hôpital le plus proche. Il n'avait pu se résoudre à la laisser là, toute seule, sans s'assurer qu'elle et l'enfant étaient hors de danger.

Il s'était assis dans la salle d'attente avec les familles des autres patients, et les questions repassaient en boucle dans sa tête. Comment avait-elle pu se retrouver ainsi, seule sur une route en plein orage, le pied enfoncé sur l'accélérateur, avec la vie en elle ?

Julien ne parvenait pas à chasser cette première image, quand il avait ouvert la portière : la panique dans ses yeux et les mains tremblant sur son ventre. La beauté de la jeune femme lui était apparue de manière saisissante dans le drame qui se jouait, comme si l'effroi avait su révéler mieux qu'aucune autre circonstance l'éclat en elle.

Les pompiers avaient eux aussi demandé s'il fallait prévenir quelqu'un. Elle avait dit non. Un non ferme. Julien avait assisté à la scène, abasourdi. Cette femme avait foncé dans les arbres, était peut-être blessée, mais n'avait personne à contacter. Devant les regards insistants, elle a fini par lâcher un nom. Celui d'Irène, la tenancière du Select. Oui, s'il y avait bien une personne sur qui chacun pouvait compter quand il ne vous restait plus rien, c'était bien elle.

Quand Irène arriva, elle s'étonna de trouver Julien.

– Vous vous connaissez ?

– Maintenant si, répondit-il avec un sourire gêné.

Il relata les circonstances de l'accident, l'impression qu'il avait eue que Claire fonçait sur lui, le doute aussi qui le taraudait d'être responsable de cet accident.

– Rassure-toi, tu n'y es probablement pour rien.

Irène laissa les mots tourner en rond entre eux.

– Viens, on va la voir, décida-t-elle.

Et comme il hésitait, bredouillait qu'il n'était pas sûr, qu'il ferait peut-être mieux d'y aller, Irène trancha :

– Mais enfin, sans toi les secours auraient mis des heures avant de la retrouver ! Tu ne vas quand même pas partir comme un voleur !

Déjà, elle avait glissé la main sous son bras et le conduisait dans le couloir.

Le sol en lino, les murs blancs, l'odeur d'éther. Julien haïssait ces endroits. Si Irène n'avait pas insisté, il aurait filé en douce retrouver le calme de son atelier et la chaleur du bois. Mais on ne pouvait pas lutter contre la volonté de cette femme, qui veillait sur chacun, mère de substitution de toute la ville.

Irène entra en fanfaronnant dans la chambre :

– Comment se porte notre rescapée ?

Le mot leur fit froid dans le dos, comme s'il avait fallu l'entendre pour prendre conscience de la situation.

– Il va falloir arrêter les âneries dans ton état, jeune fille ! gronda Irène amicalement. Tu as eu de la chance cette fois, mais la chance, ça va ça vient. Elle ne repasse pas vingt fois.

– Tu parles d'une chance..., grommela Claire.

– La chance d'être encore en vie, tu appelles ça comment ? Tu es en bonne santé, tu as ce bébé en toi qui n'a rien demandé d'autre que de grandir tranquillement. Alors maintenant tu vas prendre soin de toi, et le reste suivra.

Irène fronçait les sourcils. Puis, se souvenant qu'elles n'étaient pas seules, elle fit volte-face et désigna Julien :

– J'oubliais ! J'ai trouvé ton sauveur dans la salle d'attente. Tu lui dois une fière chandelle !

Julien se détacha de l'embrasure de la porte.

– Vous vous connaissez ? interrogea Claire, surprise de voir ces deux-là réunis sous ses yeux.

– Irène connaît tout le monde ici, répondit Julien.

– C'est lui qui a fabriqué mon comptoir, alors tu penses !

– Je suis menuisier, expliqua-t-il.

Claire les regardait depuis son lit comme s'ils appartenaient à deux dimensions parallèles qu'on essayait de faire tenir ensemble. Bien sûr, c'était petit ici. Tout le monde se connaissait plus ou moins, en dehors des gens de passage. Et elle, était-elle de passage ? Ou s'ancrait-elle dans les remous de cette ville ?

Avec toutes ces péripéties, Claire ne connaissait toujours pas le prénom de son sauveur. Irène fit les présentations. Julien, comme Julien Sorel dans *Le Rouge et le Noir*. Adolescente, elle avait vibré au défi que se lançait le personnage à lui-même de saisir la main de madame de Rénal : « Au moment précis où dix heures sonneront, j'exécuterai ce que, pendant toute la journée, je me suis promis de faire ce soir, ou je monterai chez moi me brûler la cervelle. » Mais ce Julien-là lui avait déjà saisi la main aux premiers instants de leur rencontre. Claire se reprit. Il était absurde et même inconvenant dans son état d'imaginer le début de quoi que ce soit.

Irène sortit de la chambre, prétextant devoir parler au médecin et ils se retrouvèrent tous les deux un peu gênés.

– Comment vous sentez-vous ? demanda-t-il.

– Bien, merci. Il faut du repos maintenant.

– Et votre bébé ?

– Tout va bien.

La bonne nouvelle avait rosi ses joues, ses cheveux défaits dessinaient des arabesques sur l'oreiller blanc. Une douceur auréolait le visage de Claire, que la fatigue, loin de ternir, soulignait.

Il resta près d'elle un moment, sans oser s'asseoir sur le rebord du lit, jusqu'à ce qu'une infirmière prévienne que les visites allaient se terminer.

– On la garde jusqu'à demain. Mais ne vous en faites pas, on va bien s'occuper de votre femme.

Claire ne réagit pas sur le coup, l'instant fut vite passé. Elle n'avait pas contredit. Lui non plus. C'était étrange et presque vertigineux de suspendre les mots et les silences, et les laisser voler au vent.

Irène reparut et déclara qu'il vaudrait mieux que Julien vienne la chercher le lendemain, plutôt qu'elle. Une contrainte. Et voilà, Irène ficelait les destins en un tournemain et on ne pouvait rien y faire. Il suffisait de se laisser porter.

Depuis son arrivée ici, personne n'était entré chez elle, pas même Irène. Jusque-là, le petit appartement face à l'océan était son antre, son refuge très privé. Elle avait conservé le décor spartiate : ne pas céder à la tentation de s'ancrer ici pour toujours si elle y mettait trop d'elle. Julien balaya la pièce du regard.

– Je n'ai pas fait d'effort de déco, commenta Claire tout haut.

– Vous venez d'arriver ici, n'est-ce pas ?

Claire acquiesça.

– Vous restez un moment ?

– Je ne sais pas. Ça dépendra.

Ils n'iraient pas plus loin sur le sujet. Les quelques phrases qu'ils venaient d'échanger en disaient déjà beaucoup.

– Vous voulez boire quelque chose ? proposa-t-elle pour détourner la conversation, mais déjà elle regrettait le passage qu'elle venait d'ouvrir et qui allait retenir cet inconnu dans sa tanière alors qu'elle aspirait à la solitude et à la tranquillité.

– Avec plaisir et c'est moi qui m'en charge ! répondit Julien.

Il s'était engouffré dans la brèche et il faudrait remettre à plus tard la mise à distance qu'elle s'était promise. Oui, à plus tard, car pour l'heure, Claire était fatiguée de lutter, fatiguée d'être fautive, fatiguée de tenir son secret sous scellés, fatiguée d'être seule.

– J'ai promis à Irène ! ajouta Julien, ce qui porta un coup de grâce aux dernières réticences de Claire.

Elle capitulait pour cette fois, rien que cette fois, submergée d'épuisement. S'accorder une parenthèse. Juste pour cette fois. Juste pour ce soir. Cet homme n'était pas tout à fait un inconnu puisqu'Irène le connaissait. Demain, elle aurait tout le temps de rectifier le tir.

Elle s'allongea sur le canapé, ferma un instant ses paupières lourdes et Julien dîna devant le spectacle d'une inconnue endormie.

Dehors, le géant liquide veillait.

Au petit matin, elle le trouva recroquevillé sur son fauteuil, comme un gros chat endormi, à quelques mètres d'elle. Elle le regarda un moment, considéra la situation, faisant rouler dans sa tête la promesse faite à elle-même la veille comme un caillou dans sa chaussure. Il faudrait au minimum lui offrir un café et un croissant, non ? On avait des principes.

– Je dois filer travailler.

Quand la phrase fusa, entre deux gorgées, Claire se surprit à ressentir une pointe de déception. Bien sûr, il n'était pas question de créer un quelconque lien, mais parfois les bonnes résolutions sont plus difficiles à tenir qu'il n'y paraît, surtout lorsqu'on pactise avec soi-même. Et comme s'il entendait ses agitations intérieures, il ajouta, avec une désinvolture qui dédramatisait soudain la situation :

– Tu veux m'accompagner ?

Il avait ajouté le tutoiement.

Julien travaillait le bois comme le lui avaient appris son père et son grand-père, sciant, ponçant, assemblant, rabotant, avec cet amour inconditionnel de la matière et ce souci du détail qui lui avaient été transmis dès son plus jeune âge. L'artisanat du bois avait coulé dans ses veines comme une seconde nature, une évidence. À l'heure où tant de gens dépendaient du prêt à vendre pour se meubler, lui savait fabriquer de ses dix doigts tout ce qui pouvait être utile. Julien aimait la sensation que lui procurait son art : lui savait façonner de toutes pièces ces objets du quotidien dont l'utilité remontait à la nuit des temps. Rares étaient ceux qui avaient conservé ce pouvoir.

L'atelier était une pièce tout en longueur. Le long du mur, un établi avait été fixé, sur lequel les différents outils s'alignaient selon un ordre, semblait-il, très méthodique. Il disait que tout était affaire d'organisation dans la vie, en général.

Julien lui avait montré chaque outil, détaillant leur usage, joignant parfois la démonstration à l'explication. Il se déplaçait avec aplomb, avait à cœur de faire découvrir son antre et sa passion : « Là, les marteaux, ici les maillets pour l'assemblage, plus loin les râpes avec les limes et enfin, tout ce qu'il faut pour façonner le bois, le creuser, le tailler : ciseaux à bois, bédane, plane et racloir. »

Claire écoutait. Elle ne perdait rien de ses gestes précis, de sa démarche sûre, attentive à tout ce qu'il disait, faisait. Les outils de traçage – équerres, mètres, compas lui en rappelaient d'autres. À côté, suspendues au mur, plusieurs scies plongeaient tête en bas : scie égoïne à lame longue pour débiter les pièces de bois brut, scie à dos pour les découpes précises des tenons ou des baguettes, scie à guichet pour les endroits difficiles d'accès, scie japonaise, enfin, à la denture finement avoyée. Ce vocabulaire nouveau chantait gaiement, comme un nouveau langage. Claire aimait la façon dont Julien lui faisait partager son monde à lui. La meilleure façon de connaître quelqu'un n'était-elle pas de le regarder travailler ?

Dans un coin de l'atelier, elle remarqua un petit bureau minimaliste d'une taille tout juste susceptible d'accueillir quelques feuilles et une boîte de crayons. Sur le côté, deux tiroirs peu profonds appelaient à s'en tenir à l'essentiel. Une étagère avait été fixée au-dessus du bureau, comme un auvent. Une dizaine de livres s'alignaient là, bordés de chaque côté par un serre-livres. Elle en saisit un, sur lequel sept lettres massives barraient la première de couverture : BAUHAUS.

Soudain, le flash du souvenir éblouit l'image.

Elle a seize ans, rentre plus tard que promis d'une soirée entre amis. Elle se hisse sur la pointe des pieds, prend mille précautions pour ne réveiller personne, enclenche la clé dans la serrure avec la minutie de l'horloger, entrebâille la porte sans bruit. Mais son père n'est absolument pas en train de dormir, encore moins de se ronger les sangs. Une pointe de déception la saisirait presque. Claire tend l'oreille mais ne reconnaît pas les voix. Tout juste parvient-elle à se pencher un peu sans risquer de se faire prendre, pour apercevoir sur la table basse des bouteilles entamées, des cendriers pleins et les volutes qui planent, figeant le temps. Alors, comme lorsqu'elle était petite, elle attend quelques instants dans le couloir, à l'abri des regards, retient sa respiration pour mieux entendre les conversations des heures tardives, celles qui éclosent dans les murmures quand les enfants dorment. Un mot est prononcé, qu'elle n'a jamais entendu auparavant : « Bauhaus ». Seraient-ils en train de parler de sa mère ? Une ville, un village où elle avait habité ? Les sonorités lui sont familières, ce mot pourrait venir de Pologne, ce pays dont personne ne lui parle, ni son père parce qu'il n'en sait rien, ni sa famille maternelle parce que les rares survivants s'acharnent à oublier les temps noirs.

Seule dans la pénombre du couloir, Claire s'emballe, pense que surgiront là de nouveaux morceaux du puzzle qu'elle ramasse pièce par pièce depuis l'enfance. Elle attend encore. Mais les phrases arrivent étouffées jusqu'à elle. Rien à faire. La conversation enfle, on tire les chaises, les pas approchent. La fin de la soirée a sonné. Claire gagne sa chambre en vitesse avec ce mot « Bauhaus » qui résonne encore dans ses oreilles. Elle espère qu'il contient la clé du mystère maternel.

Plus tard, la réponse tombera comme un couperet. « Bauhaus » n'a rien à voir avec sa mère. C'est un mot allemand qui désigne une école d'architecture fondée à Weimar en 1919 par Walter Gropius, un courant qui abolit la distinction entre artiste et artisan.

Combien elle en avait voulu à son père qui avait fait le vide autour de sa mère et qui la rendait si crédule ! Certes, il avait fait barrage contre son chagrin pour ne pas qu'il déborde, pour ne pas qu'il envahisse son entourage. Claire l'avait compris. Mais ces derniers temps, quelque chose avait changé, comme s'il avait tourné la page.

Il s'était mis en tête de construire une maison pour lui, et ce projet occupait toutes ses pensées, à tel point qu'il ne s'était même pas inquiété ce soir, tout occupé à refaire le monde avec d'anciennes connaissances, à évoquer une époque que lui seul avait connue, bien avant Claire, bien avant Rose peut-être. En remontant plus loin, Boris convoquait d'autres souvenirs, plus anciens, si anciens qu'ils avaient paradoxalement le pouvoir de le projeter plus loin dans le futur. « Enfin », pouvait-on dire ! Claire avait jusque-là pensé que le métier de son père n'était qu'alimentaire. Était-ce une nouvelle lubie depuis que les enfants avaient grandi ? Après avoir passé ces quinze dernières années à s'occuper d'eux, il se consacrait désormais à sa passion. Cela suffisait-il à expliquer le nouvel entrain de son père ? Il avait repris contact avec le milieu, allait à des colloques, avait ressorti ses dessins et ses cours d'étudiant, lisait des ouvrages spécialisés. Cette nouvelle donne laissait pourtant à Claire une pointe d'amertume. Le mot « Bauhaus » avait cette saveur-là.

Claire lut à voix haute.

« Architectes, sculpteurs, peintres ; nous devons tous revenir au travail artisanal, parce qu'il n'y a pas d'art professionnel. Il n'existe aucune différence essentielle entre l'artiste et l'artisan. »

– L'artiste et l'artisan, aucune différence essentielle, répéta Julien. J'aime bien l'idée !

– Mon père était architecte, lâcha-t-elle. Je crois qu'il aimait bien lui aussi cette idée.

C'était la première fois qu'elle parlait de son père à un étranger depuis sa mort. Avec Irène, ce n'était pas pareil ; il y avait un but derrière les paroles. Une quête. Une enquête quasi policière, afin de mieux connaître Boris, comprendre l'homme au-delà de son rôle de père. À l'inverse, en parler à Julien n'avait aucun but. En prononçant cette phrase, Claire ressentit la douceur ouatée des premières confidences. Julien entrait dans la sphère de l'intime et il était bon de baisser la garde, se laissait aller au simple plaisir de la conversation.

Un silence s'installa dans l'atelier, rythmé par la caresse régulière du bois sous les outils. Julien déclara enfin :

– Il n'y a pas de hasard.

– Pas de hasard ?

– Les livres, c'est ton fil d'Ariane : celui-là relie le passé au présent, ton père à moi. C'est tout simple.

« Tout simple. » L'affirmation de Julien la fit sourire. Il faisait partie de ces gens qui, en une phrase, projettent un éclairage de front sur les situations qui vous semblent les plus compliquées. Cela donne une vue de la scène de face, sans fard, sans fioriture. Comme vous ne l'aviez jamais considérée.

Les verrous sautaient les uns après les autres. Ils étaient seuls au monde. L'atelier pour abri. Ils étaient seuls au monde avec leur passé et leur histoire, qui s'étaient télescopés par hasard. Et ce hasard-là légitimait les confidences. Ils se parlaient sans jugement, sans pression, sans calcul. Seuls au monde. Alors, dans ce contexte si exceptionnel, la proximité se gagnait malgré soi.

Claire lui raconta sa mère morte quand elle était petite, les relations compliquées avec son frère, le silence paternel jusqu'à son obsession de construire la maison libre, et ce mot entendu dans la pénombre d'un couloir, le goût d'amertume et de déception qu'avait représenté pour elle le mot « Bauhaus ». Et puis, elle lui parla de son métier à elle, la librairie, les petits carnets sous la caisse, combien elle aimait tous ces personnages qui traversaient les pages des romans pour trouver un sens à leur vie ou les racines de leur passé.

– Je voudrais être un personnage de roman, avoua-t-elle, au moins trouverais-je un sens à tout ça.

– Encore faut-il ne pas s'enfuir des pages dès que l'histoire se complique !

Julien avait vu juste. Claire s'était enfuie des pages de son roman, et cette fuite était harassante, ne la menait à rien de bon. Il fallait retrouver le fil de l'histoire.

Claire referma le livre et regarda Julien travailler. À travers son pull, les épaules se contractaient sous l'effort. Claire avait envie de se lover contre lui, fourrer son nez dans le creux de sa nuque et respirer sa peau qu'elle devinait douce sous le lobe de l'oreille. Il était habité tout entier par son ouvrage, la concentration studieuse laissait sur son visage une expression sérieuse que ses sourcils sévères accentuaient. Claire y lisait sa détermination, pensa qu'il fallait y voir l'un des traits saillants de son caractère, et ce constat lui plut. Elle le trouva beau.

Il tourna la tête vers elle et ses traits se détendirent. Le regard de Julien s'était radouci en croisant le sien. Il n'en fallait pas plus pour chavirer. Claire s'approcha, posa la main sur son dos. Il passa ses bras autour de sa taille et l'embrassa. Il l'avait étreinte avec une infinie douceur, comme s'il risquait de casser un objet très fragile.

Ses lèvres s'étaient posées avec prudence et attention. Un long baiser étira le temps. Tant qu'ils s'embrassaient, il n'y aurait pas d'explication à donner. Juste la sensation douce et le désir qui monte. Rien d'autre que les sens. Sans rationalité.

– Tu ne demandes pas qui est le père, d'où je viens, si je suis libre… ?

– Tu me diras quand tu seras prête.

– Je suis partie de chez moi début août, quand mon père est mort, coupa-t-elle. Besoin de débrancher. Faire le point. Et lui, dans mon ventre, je l'ai fabriqué avec un ami d'enfance, par accident. Je suis donc libre.

Il y avait longtemps qu'elle ne s'était pas sentie aussi libre, en effet, et les mots se déliaient enfin eux aussi.

– Tu ne trouves pas ça bizarre ?

– Un peu, si. Mais il y a suffisamment de gens qui en bavent dans la vie pour que je décide de me priver d'un peu de douceur quand il y en a. Il n'y a rien de plus à chercher que l'instant. Le reste finit toujours par suivre.

– Je ne sais pas combien de temps je resterai ici, je ne sais pas ce que je vais devenir, insista-elle.

Julien acquiesçait, comme si de rien n'était, comme si tout cela était normal.

– Paumée et enceinte, ça ne t'inquiète pas, toi ? résuma-t-elle, haussant le ton, avec provocation, pour mettre à l'épreuve ce grand calme qui se tenait devant elle.

– Ça ne m'inquiète pas vraiment !

Il éclata de rire, faisant voler toutes ces considérations. « Paumée et enceinte, c'est formidable ! », répétait-il en riant. Il prit sa main, la fit tourner sur elle-même, la faisant rire malgré elle.

– Oh, il a bougé !

Elle remonta son pull et mit au jour la valse de l'enfant. Son ventre se déformait d'un côté puis de l'autre. Elle jouait à appuyer sur les protubérances, et celles-ci répondaient en retour, comme à un jeu de cache-cache. Elle prit la main de Julien pour lui faire sentir, traversée par une joie intense et il en fut si ému qu'il l'embrassa. Leurs doigts se nouèrent sur le ventre rond qui dansa de plus belle. Il se serra contre elle, et la boule prise en étau entre eux deux, lovée ainsi de toute part, s'apaisa. Claire ressentit l'étrange sensation de ne plus être seule. Elle se tourna et la respiration de Julien souffla sur sa nuque. L'attirance pulsait en lui, malgré l'étrangeté des circonstances, malgré le ventre rond qui ne lui appartenait pas. Ses mains cherchèrent son flanc, ses seins, ses cuisses. Une chaleur douce la parcourut, à mesure qu'il progressait sur cette terre nouvelle, faite de plaines et de collines. Il avançait à tâtons, mû par le désir et l'émoi que suscitait cette femme au ventre rond, fasciné par la force hors du commun qu'elle dégageait.

Elle avait eu envie de voir cette ville « étudiante » à quelques kilomètres de là, vantée dans un prospectus touristique. Ni une ni deux, Julien avait attrapé sa veste, prêt à partir.

– Quoi ? Tout de suite ?

– Pourquoi attendre ?

– C'est juste une envie comme ça, une curiosité. Rien ne presse.

Il avait répondu qu'on n'était jamais trop pressé pour suivre ses envies.

– Et tes clients ? Tu les oublies ?

– Ils attendront.

Cette logique implacable amusait beaucoup Claire. Il semblait que rien n'était impossible. Aucune limite ne pouvait freiner une idée, un désir. Tout devenait simple, limpide, facile d'accès.

Pendant que la voiture filait, elle ouvrit la vitre et laissa l'air caresser ses doigts. Elle ferma les yeux pour sentir ce ruban frais sur son visage.

Ils passèrent la journée à déambuler dans les ruelles, à faire du lèche-vitrines au hasard de leurs pas. Ils n'avaient qu'à se laisser porter et tendre la main pour attraper cette succession légère de petits plaisirs. Une glace avec une montagne de crème Chantilly, une breloque à attacher autour du poignet, ou pire, à la cheville (elle en avait toujours rêvé), une étole bleu nuit à pompons, un hot-dog géant avec suppléments d'oignons frits, ou encore une façade art déco qui détourne la promenade, une galerie qui retient l'attention, une porte cochère poussée sans autorisation. Il n'y avait pas de circuit, la trajectoire pouvait dévier à loisir au gré de l'instant.

En fin d'après-midi, ils s'étaient mêlés aux grappes d'étudiants à la sortie des cours, s'étaient décidément trouvés plus vieux que ce qu'ils s'étaient imaginé. La vingtaine ne semblait pourtant pas si loin dans leurs souvenirs, mais en regardant attentivement les visages juvéniles aux peaux lisses et potelées, les couleurs chatoyantes de leurs vêtements obéissant à des codes incompréhensibles, ils avaient mesuré le décalage et s'en étaient amusés. Cette impression s'était confirmée lorsqu'ils s'étaient approchés suffisamment pour attraper quelques bribes de conversation. Le langage est impitoyable pour séparer les générations.

Ils en conclurent qu'ils n'avaient plus vingt ans et qu'ils étaient plutôt satisfaits d'être sortis de cet état.

– Regarde-toi !

Il lui attrapa la main et la fit tourner sur elle-même, ce qui provoqua quelques regards en coin qu'ils firent mine de ne pas remarquer.

Cette façon d'habiter l'instant et de plisser le regard pour vous embarquer avec lui.

– Que veux-tu faire maintenant ?

– Je te suis.

Un groupe d'amis jouaient du jazz dans une petite salle de la vieille ville. Il proposa d'aller les voir.

Depuis combien de temps n'avait-elle pas fait ça ? Le ballet social. Le temps d'une soirée, rencontrer de nouvelles personnes, rassemblées au même endroit par la force des choses, l'anniversaire d'une connaissance commune, un mariage, une fête. Saurait-elle encore participer aux conversations, servir les formalités d'usage, essayer de paraître sympathique, faire bonne impression ? Elle n'avait jamais vraiment aimé ce jeu de rôles, ne s'était jamais sentie à l'aise dans ces mondanités pourtant banales. Mais cette fois-ci, la curiosité de rencontrer des amis de Julien dépassait son habituelle réserve.

Il y avait aussi cette terrible soif de découvrir Julien en société. Était-il du genre observateur ou plutôt meneur de troupes ? Était-elle la seule à être fascinée par cet homme ? Ou bien était-ce l'effet qu'il produisait sur tous ?

C'était une salle voûtée, en sous-sol, dont l'accès se faisait par un escalier étroit. Ils étaient arrivés en avance pour saluer ses amis avant le début du concert. Claire se demandait si Julien leur avait déjà parlé d'elle et dans ce cas, comment il avait expliqué la situation, s'il avait mentionné l'enfant. Elle était si fine qu'il était encore possible de dissimuler son état. Elle portait une robe ample qui baillait allégrement sur ses hanches. Dans le doute, elle joua avec l'étoffe pour donner une impression encore plus floue, mais personne ne semblait y prêter attention. On était là pour la musique.

Sa gêne se dissipa vite. Julien se montrait lui-même tellement à son aise que tout paraissait naturel à tout le monde, il communiquait l'évidente simplicité d'une situation qui aurait pu paraître compliquée ou gênante à d'autres. On accueillit Claire comme si elle avait toujours fait partie du cercle d'amis, sans question embarrassante.

Au moment où ils trinquèrent à l'amitié, elle surprit tout de même un regard s'appesantir sur son compagnon : celui de Léa, la trompettiste du groupe à la chevelure de feu. Ce regard de femme sur cet homme pour lequel elle était en train de nourrir des sentiments amoureux l'ébranla. Il confortait une certitude qui se dessinait en elle et attisait une rage de s'en saisir et de ne pas le laisser s'échapper. Une jalousie féroce grondait en elle, que Léa croisa au-dessus de la mêlée des verres qui s'entrechoquaient, et ce chassé-croisé de regards, qui ne dura pourtant qu'une poignée de secondes, scella quelque chose.

Le son ne tarda pas à occuper toute la place, à remplir chaque centimètre de cette caverne enveloppante. Ils se trouvaient dans le ventre d'une ourse en hibernation, couvés sous l'épaisse chaleur de sa peau, balancés par les notes graves et sourdes de la contrebasse. Piano, batterie, trompette participaient au tempo, mais c'est bien la contrebasse qui vibrait le plus fort en elle. Une résonnance qui rebondissait sur les parois de l'ourse sans la réveiller et plongeait par ricochet dans son ventre à elle. Les mouvements de la musique se reportaient en elle. Les cordes pincées cognaient dans la poitrine en petits coups de velours que Claire goûtait avec délectation. Les ondulations sonores formaient un berceau de vagues douces pour l'enfant. Les bras de Julien complétèrent la mise en abyme : Claire berçait son bébé, lovée dans les bras de Julien, tous deux baignant dans la musique que le ventre de l'ourse faisait résonner dans sa poche chaude et protectrice.

Heureux celui qui connaît ce sentiment étrange autant qu'il est doux. Rencontrer quelqu'un qu'il vous devient presque aussitôt impossible de quitter, inexplicablement. Sans cesse repousser le moment de desserrer l'étreinte, trouver un prétexte pour allonger les heures passées ensemble, une promenade, un dîner, un concert, un passage de livre à lui lire, un endroit à montrer, un film à partager. Les heures contenues dans une soirée, une journée, une semaine, un mois, ne suffiraient plus à se repaître de l'autre.

Julien lui apprendrait à aimer la mélancolie de l'hiver, le vent froid qui balaie la plage, l'océan qui va et vient sans cesse, immuable aux variations du climat. Un quotidien s'installerait, où se déploieraient, au fil des jours, leurs sentiments, où la possibilité du retour deviendrait de plus en plus floue, de plus en plus lointaine.

12

—

Se revoir

DEPUIS COMBIEN DE TEMPS n'ai-je pas touché au « projet fou » ?

La carte d'Irène, c'est une flèche tirée à l'arc en plein dans le mille.

Mon rêve de jeunesse éclate en pleine face, à mi-parcours de cette existence que je me suis pourtant efforcé de réussir du mieux que je pouvais, avec les cartes que j'avais et toutes celles qui me sont tombées des mains en cours de route.

La maison libre avait été une telle obsession ! Je n'avais pensé qu'à elle, dessinant nuit et jour, griffonnant des plans sur des feuilles que je suspendais à un fil tendu et qui ressemblaient à des âmes errantes dans la fumée du tabac Amsterdamer. Pull marin et cheveux roux en bataille, j'avais l'allure d'un vieux loup de mer, un savant fou, plus fou que savant. J'avais la vie devant moi.

Avec la bande du Select, nous voulions balayer l'Ancien Monde que nous trouvions vide de sens. Nous voulions créer un Nouveau Monde, plus juste, plus égalitaire, mais aussi plus clairvoyant et lumineux, libéré des carcans qui brident la créativité. Les promesses pleuvaient sur nos têtes. Gérald voulait travailler à Londres dans un grand cabinet pour réaliser les plus grands chantiers européens. Félix rêvait de vivre de sa passion, le jazz. Il en jouait plusieurs fois par semaine, entre deux cours à l'école de pharmacie, dans une salle voûtée du troisième arrondissement. Il mettait la musique en général et la trompette en particulier au-dessus de toute autre chose. Irène projetait une carrière de sociologue ou de journaliste ; elle se ferait porte-parole des causes qui lui tiendraient à cœur, aiderait les gens. Oui, je me souviens que la formule revenait sans cesse dans sa bouche : « aider les gens ». Nous avions tous un leitmotiv, une ambition. Nous tendions tous vers quelque chose de plus grand qui nous dépassait, nous inspirait.

Je les ai tous perdus de vue, les copains de la bande du Select. Le temps passe et vous avez quarante-cinq ans, et soudain, tous ces vieux souvenirs remontent à la surface et vous apparaissent avec une nouvelle urgence. C'est l'âge, paraît-il, « l'heure des bilans ». Je déteste cette expression ! Adopter le vocabulaire du comptable pour parler de soi est méprisable ! À croire que personne n'échappe à rien, que nous sommes tous emmenés dans ce tourbillon de la vie, et que les principes fiers et enjoués de nos vingt ans ne résistent pas à l'épreuve du temps.

La banalité des vies. Les uns à côté des autres, toutes nos vies se ressemblent. Seulement peut-on espérer un sursaut. S'il arrive, il faut saisir cette chance de remonter le courant. Elle sera la dernière. Tranchez dans le vif et mesurez la part de vous restée là-bas, sur les banquettes du Select, dans le Paris des années 1960. J'ai été heureux pourtant. Rose, les enfants. Un bonheur vibrant, un raz-de-marée. Mais la maison libre n'a jamais vu le jour. Je la rêvais sans toit ni cloison, mais elle n'avait plus assez d'espace pour exister.

Et maintenant, cette voix au bout du fil, qui tremble légèrement, à peine audible, à peine crédible, à peine réelle. Cette même voix me dit : « Viens la semaine prochaine. » Un spectre lointain qui parle au présent et même au futur. « Je serai seule. » La deuxième phrase tombe comme un couperet. D'ordinaire, Irène n'est donc pas seule. Un mari, des enfants ? Je n'ose pas poser la question. « Entendu, je vais me libérer. » Moi aussi, je contourne les sujets qu'il vaudrait mieux régler tout de suite, d'entrée de jeu. Les non-dits sont plus commodes. Ils laissent tout imaginer.

J'entends son souffle dans le combiné du téléphone, un filet calme qui hésite, se retient, ému peut-être, ce même souffle que j'avais suivi dans les rues de Paris, ce fameux jour de manif, ce souffle que j'avais écouté religieusement, quand il s'était accéléré à tout rompre, jusqu'à l'extrême limite. J'avais surveillé le ralentissement progressif, dans le hall de l'immeuble, je l'avais senti sur ma bouche, sur ma peau, presque entre mes lèvres, jusqu'à ce qu'un mauvais tour du temps m'en prive. Vingt ans après, l'amertume revient aussitôt qu'elle est convoquée.

Je fais la route en funambule, me demandant, au fil des panneaux qui défilent, si j'ai bien compris les mots d'Irène, bien entendu l'adresse de l'hôtel. Seule preuve que cette conversation téléphonique a bien existé : quelques notes griffonnées mécaniquement pendant qu'elle me donnait les indications. La feuille déchirée est restée dans ma poche et sa présence est la seule preuve tangible pour me convaincre que tout ceci est bien réel. D'ici quelques heures, le temps de traverser le pays de bout en bout, je retrouverai Irène, celle qui a hanté mes rêves de jeune homme. Au fond, la maison libre s'est effacée de mes pensées avec l'envolée d'Irène en Argentine. Tout s'est évanoui à ce moment-là.

Nous avons rendez-vous dans un hôtel de bord de mer typique de ces abris d'amoureux, refuges d'amants clandestins. Grand paquebot impersonnel, un nom passe-partout, déjà vu mille fois ailleurs, faussement romantique – quelque chose comme « Beau rivage » ou « Miramar ».

Bien entendu, les chambres donnent presque toutes sur l'océan, et les vagues assurent inlassablement le spectacle en s'abattant bruyamment. L'endroit est beau mais froid, ce n'est pas Irène. J'imaginais un autre choix de sa part, une petite enseigne familiale dans une rue passante, avec des chats errants sur le trottoir et du lierre courant sur la façade, moins chic, plus authentique. Mais je ne connais plus Irène. Celle d'hier n'est plus celle d'aujourd'hui.

Elle n'a pas fixé d'heure de rendez-vous, seulement cette indication de « début d'après-midi ». J'ai trouvé ça beau, cette façon approximative de donner rendez-vous. Tout resterait vague et imprécis comme nos souvenirs, à la façon des impressionnistes. Une image me vient : nous sommes tous les deux au musée d'Orsay, elle m'y a traîné, je la charrie sur ses goûts d'Ancien Monde, elle me répond que c'est une entorse bien légitime et me parle de ces contours imprécis qui font chavirer son cœur chaque fois qu'elle regarde les pies de Monet ou les toits enneigés de Sisley.

J'ai beau fouiller ma mémoire, j'ai oublié les détails du visage d'Irène qui m'apparaît justement « sans contours », seule est restée ancrée l'impression.

C'est pourtant sans hésiter que je reconnais sa silhouette dans le grand hall d'accueil, me projetant vingt ans en arrière. Elle a relevé ses cheveux, dégagé sa nuque, paraît tout aussi fière et charismatique qu'avant. Cet air, bien à elle, m'avait tant subjugué autrefois. Si je l'avais rencontrée aujourd'hui pour la première fois, elle m'aurait tout de suite plu, c'est certain. Sans doute l'aurais-je abordée, lui aurais-je fait la cour. Aujourd'hui est une autre première fois pour nous. Irène porte une longue robe fleurie, pareille à celles qu'elle aimait tant avant.

Nous avons vieilli, nous nous sommes épaissis, la fraîcheur nous a quittés, mais nous sommes là tous les deux, les années nous ont changés uniformément, sans surprise. Nous nous embrassons, un peu maladroits. J'aime le contact fugace de sa joue sous mes lèvres.

– On prend un café? propose-t-elle en indiquant la salle du fond qui s'ouvre tout entière sur la plage déserte.

La terrasse est fermée mais les grandes baies vitrées nous font profiter de la vue. Dans la salle, un autre couple comme nous, et un autre encore aux cheveux gris. Se retrouvent-ils eux aussi après vingt ans d'éloignement?

– Normalement on est censé se demander: « Alors, qu'est-ce que tu deviens? »

– Ou alors, se mentir et dire qu'on n'a pas changé.

Nous étouffons des rires timides. Ses yeux soulignés de noir, comme autrefois, plissent et allongent son regard. Toujours elle. Toujours la même.

– Je vis à quelques kilomètres d'ici, commence-t-elle.

– Jolie région… Tu es ici depuis longtemps?

Elle hoche la tête:

– Depuis mon retour d'Argentine. Tu te souviens? J'étais partie là-bas après Mai 68.

Il aura fallu quelques instants seulement pour que ce mot ressurgisse, comme un vieux démon. Si elle savait combien j'ai détesté ce pays, sans y avoir jamais mis les pieds !

– Je n'y suis pas restée longtemps. J'avais suivi ce journaliste, on s'est mariés, mais ça n'a pas marché…

– Combien de temps as-tu vécu là-bas ?

– Un an.

– Pourquoi tu ne m'as pas appelé à ton retour ?

– Gérald m'avait dit que tu avais rencontré quelqu'un et puis j'étais enceinte. J'ai fini par m'installer ici, et de fil en aiguille j'ai repris un café, je me suis remariée, j'ai eu deux autres enfants. J'ai une vie qui ressemble en tous points à ce que je décriais autrefois. Une vie installée et routinière.

– Des regrets ?

– Pas tant que ça. Je suis heureuse. Ma vie est sans histoires. Les vies sans histoires sont heureuses, n'est-ce pas ?

– Sans doute.

– Et toi ?

Résumer vingt ans en quelques phrases, j'aimerais mieux me dérober. Mais les yeux noirs attendent, des oiseaux avant l'envol.

– Après ton départ, j'ai continué mes études à Paris, où j'ai rencontré Rose. Nous nous sommes installés dans le Sud, nous avons eu deux enfants, un garçon, Arthur, et puis une fille, Claire.

Je tire deux photos de mon portefeuille, elle ne résiste pas à l'envie de m'imiter et nous sommes émus de contempler nos progénitures, tentant de déceler des ressemblances. Impossible de ne pas imaginer comment auraient été nos enfants à nous.

– Tu sais ce qu'écrivait Roland Barthes ? « Montrez vos photos à quelqu'un : il sortira aussitôt les siennes ! » Il semblerait que nous n'échappions pas à la règle…

– Tu es toujours marié ?

La question est posée, timidement ; l'oiseau se tient sur ses pattes fragiles, cou tendu vers ma réponse.

– Rose est morte il y a quelques années.

Et déjà, c'en est trop. Ne plus rien savoir d'autre. Ne plus rien se dire. Les prénoms des enfants, les photos, je regrette. Il n'aurait fallu rien savoir l'un de l'autre. Ces quelques jours sont tout ce que nous pouvons donner. Aucun de nous ne serait disponible pour davantage. Je le sais bien, à sa manière nerveuse de faire tourner son alliance autour de l'annulaire, de jouer avec sans s'en rendre compte.

Dehors, l'océan s'agite, les nuages gris arrivent par grappes.

Les tasses sont vides. Nous évoquons encore quelques souvenirs de l'époque, le quartier et les amis d'autrefois – que sont-ils devenus ? Nous parvenons à reconstituer les vies des uns et des autres, à la façon d'un puzzle.

Ensuite, il n'y a plus rien à dire.

Elle pose sa main sur la mienne et son doigt sur ma bouche. Une clé apparaît sur la table. Il ne faut plus rien dire. Les paroles ont quitté le monde. Nous montons jusqu'à la chambre sans un mot, comme deux adolescents à leur première fois. Car c'est bien notre première fois. Ce qui est resté inachevé dans notre jeunesse a laissé une brèche, dans laquelle nous nous engouffrons. Il n'y a pas d'autre choix. Sans les mots, nos bouches viennent d'instinct se trouver et les souvenirs revivent, plus fort encore. Les chimères n'en sont plus, tout est bien réel. L'ivresse s'empare de nos sens. Les peaux se tendent, se reconnaissent, se découvrent. Les larmes coulent et se mêlent aux rires.

Nous rions et nous pleurons de ces retrouvailles inespérées, de ce désir que nous avons si longtemps enfoui.

Dit-on que la jeunesse est sauvage et sans complexe ? Rien de plus faux ! Les années débrident les fous ; on n'est libre qu'après avoir vécu. Le passage du temps a patiné l'hésitation de nos vingt ans. Nous voilà plus libres que nous prétendions l'être.

J'ai compris pourquoi Irène a choisi cet hôtel : il plonge dans l'océan, et l'océan est le meilleur refuge, la meilleure inspiration pour se libérer de nos carcans et pour prendre à la vie ce qu'elle a failli ne jamais nous donner.

Pendant cinq jours, nous restons dans cet hôtel, profitant de chaque instant avec l'application de ceux qui savent que le temps leur est compté. Les règles du jeu ont été établies tacitement dès le début. Après ces cinq jours, chacun repartira de son côté et reprendra le cours de sa vie sans chercher à obtenir plus.

« Notre cadeau d'anniversaire, avait dit Irène, pour toutes ces bougies que nous n'avons pas soufflées ensemble et toutes celles que nous ne soufflerons pas. »

S'offrir l'un à l'autre en cadeau : le concept me plaît, mais moins la seconde condition posée par Irène. Nous ne garderons aucune trace de ce séjour. Ni facture de l'hôtel ni note d'essence. Elle m'interdit de la prendre en photo. Pas de trace, pas d'image. Ne restera que le souvenir vivace dans nos mémoires. Charge à nous de le faire durer. Irène me demande même de jeter sa carte postale. Je le lui promets, mais je sais d'avance que je ne le ferai pas.

Nous sortons peu de la chambre. Une fois, je l'emmène dans un restaurant de fruits de mer. Le vin enivre. Le couple d'à côté engage la conversation, nous demande si nous connaissons la région. Nous mentons : nous sommes touristes, nos enfants nous ont offert le voyage pour nos vingt ans de mariage. Cette vie aurait pu être la nôtre.

Quand nous rentrons à l'hôtel, nous faisons l'amour. Encore. Avides du corps de l'autre. Cette sortie nous a privés de cette intimité dont nous ne pouvons plus nous passer. J'ai envie d'elle en permanence. Sa peau, son rire, son odeur. Elle me semble encore plus belle qu'à ses vingt ans. Comment vais-je supporter d'être loin d'elle quand ces quelques jours prendront fin ?

– Et si je restais ?

La phrase sort toute seule et Irène fronce les sourcils. Déjà, je cherche à désobéir.

– Je pourrais m'installer près d'ici, on se verrait de temps en temps. Essaie d'imaginer une minute ce à quoi pourrait ressembler notre vie ensemble.

– Je n'essaierai pas.

– C'est un comble ! C'est bien toi qui me parles de réaliser ses rêves, même les plus fous !

J'ai crié la phrase, impuissant.

– Voilà aussi ce à quoi pourrait ressembler notre vie. Des colères, le ton qui monte. On ne mérite pas ça. On mérite un joli souvenir qui aura pu trouver une fin heureuse grâce à ces quelques jours. Nous n'aurons plus de regrets.

Irène avait eu raison. Ces quelques jours effacèrent les regrets qui avaient traîné leur voile pendant toutes ces années. Chaque fois que j'y repense à présent, je ne ressens plus d'amertume mais bien au contraire une douceur diffuse.

Je repense à notre dernière promenade sur la plage, la veille du départ. Je laisse Irène me distancer de quelques mètres, pour mieux figer son image dans ma mémoire. Sa démarche, un peu gauche à cause du sable, brouillait les pistes, dessinait le souvenir du rythme de ses pas, du balancement de ses hanches. Elle marchait d'un pas lent et las. Le vent fouettait ses cheveux sans ménagement. J'étais sûr qu'elle aimait ça, cette façon de se faire réveiller par les éléments. La vitalité de la nature pour revigorer le corps et l'esprit. Elle avait noué un foulard comme un bandeau dans ses cheveux relevés en un chignon négligé qui lui donnait des airs de vedette des années 1960. Pour moi, c'en était une. Pour moi, elle était Romy, Brigitte, Claudia et toutes les autres. J'ai emporté cette image avec moi pour toujours.

– Maintenant que nous allons bientôt nous quitter, je vais te demander quelque chose.

Elle avait son regard vibrant de persuasion, comme une petite fille implorant quelques minutes de jeu supplémentaires.

– Dis-moi.

– Tu vas construire la maison libre. Sans toit ni cloison. Tu vas le faire en souvenir de ce que tu étais, de ton rêve de jeunesse, de cet idéal de liberté que nous défendions tous autant que nous étions. Tu vas le faire en souvenir de la bande du Select et de tous nos rêves oubliés. Et peut-être aussi en souvenir d'une vieille copine en robe à fleurs, avec qui tu auras passé cinq jours devant l'océan.

Elle parlait au futur, sûre d'elle. Ce n'était pas un souhait mais une prémonition. Une prémonition qui m'a porté pendant les années suivantes. Irène m'a rendu un nouveau souffle et donné une force nouvelle pour réécrire les pages inachevées de mes vingt ans.

Ce dernier soir-là, nous avons goûté encore un peu le silence crépitant de la nature, la beauté des pins parasols derrière les dunes. Avec leur tronc long et fin, leurs branches étendues en bras ouverts et leur tête faite de milliers d'aiguilles ramassées en cheveux crépus et chignons fous offerts au vent, ils ressemblaient à une troupe de géants venus de loin pour observer les hommes. Un dessin d'enfant. Les géants se découpaient dans le bleu noir du ciel. Leurs silhouettes courbées se penchaient sur le bas monde. Dans l'immensité qui s'éteignait peu à peu, ils attendaient le dénouement comme au théâtre, suspendus au sort des hommes qui avait piqué à vif leur curiosité. Le jour tombait, les derniers rayons de soleil agonisaient derrière la dune. Le bruissement lent de leurs branches dans l'obscurité naissante nous murmurait des paroles à peine audibles. De leurs cimes, ils dominaient l'horizon pour mieux nous surveiller.

13

—

L'aveu

CLAIRE SE RÉVEILLA en sursaut, l'oreiller trempé de sueur. Dans son ventre, le ressac se déchaînait. À côté d'elle, Julien dormait à poings fermés. Elle regarda cet homme, ses épaules fortes, les muscles sculptés, la couleur caramélisée de sa peau en contraste avec la sienne, si pâle. Elle retira doucement la couverture pour mieux observer son dos, immense plage lisse qui descendait jusqu'à la dune des fesses. Il remua, la chercha de la main dans le lit, sourit en la trouvant, et, tout en gardant les yeux fermés, il murmura quelques mots tendres avant de se rendormir aussitôt. Claire resta encore un moment à le détailler, comme s'il avait fallu imprimer son image dans son souvenir avant un long voyage. Puis elle sortit du lit, se doucha et s'habilla, enfila son grand manteau de laine et une paire de bottes, avant de se glisser hors de l'appartement sans bruit.

Je l'ai regardée marcher lentement sur la plage, Claire, dans un long manteau crème que je ne lui connaissais pas et qu'elle avait dû acheter ici, avec l'air marin qui fraîchissait. Son allure était calme, peut-être un peu plus affirmée qu'avant. Elle a glissé les mains dans les poches, ce qui a tendu le tissu vers le bas et, en y prêtant vraiment attention, on pouvait distinguer une petite forme sous le manteau, discrète, timide, qu'elle tenait au chaud. Oui, j'en étais sûr à présent : elle avait acheté ce manteau pour garder la bosse au chaud. J'ai eu envie de réchauffer le vent de ce matin d'hiver, souffler dans son cou le souvenir du soleil d'été. Mais je me suis retenu. Même les ombres ont une pudeur. Je suis resté là, un peu à l'écart, à la regarder. N'est-ce pas la plus merveilleuse chose à faire en ce bas monde ?

Ses bottes en caoutchouc ont dessiné sur le sable deux lignes en pointillé, régulières, parallèles à l'horizon, que rien ne semblait pouvoir perturber. Parfois, en s'aventurant sur la plage, l'écume menaçait d'effacer son passage. Mais l'écume, toujours, s'arrêtait avant, comme si une injonction divine interdisait que l'on gomme les pas de Claire, comme si son tracé recelait quelque chose de sacré ou de magique, tenant en respect les éléments eux-mêmes. S'en apercevait-elle ?

J'ai goûté le silence avec elle.

Les instants les plus heureux de mon existence ont été les silences partagés avec ceux que j'aimais. Maintenant que je ne suis qu'un souffle, tous ces souvenirs me reviennent comme autant de bouffées de bonheur.

Je me souviens de ces précieuses minutes avec ma fille, côte à côte à l'avant de la voiture, elle repassant ses leçons avant ses contrôles, juste avant de rentrer au lycée.

Je me souviens des dimanches après-midi passés sur la terrasse, repus après les mille merveilles que Rose nous avait concoctées au déjeuner. Le temps s'étirait avec délice.

Je me souviens des bêtises d'enfant organisées en bande avec mes sœurs. La malice qui nous reliait dans ces moments-là est un joyau jamais oublié malgré l'éloignement et les divergences survenues en grandissant.

Je me souviens de la douceur de ma mère, de sa bonté, de son indéfectible patience.

Je me souviens d'Irène et de son impudence, de ses cheveux en bataille dans les rues de Paris à feu et à sang.

Je me souviens des « copains d'archi », des projets fous que nous imaginions sur un coin de table, les utopies qui nous animaient, les fêtes, les voyages en sac à dos.

Je me souviens du Select où nous avions élu notre quartier général, les banquettes en cuir brun, les soirées enfumées à refaire le monde.

Je me souviens du rire de Rose, sa joie sans détour, sa voix chantante, son engagement fidèle, sans relâche, tout au long de notre mariage.

Je me souviens de notre unité au-delà des différences, l'équilibre que nous avions bâti et sur lequel personne, pourtant, n'avait parié un centime.

Je me souviens de la lumière blanche de ma ville bien-aimée, du velours de la mer, des toits roses, de l'odeur légèrement saline.

Les heures calmes du matin sont les meilleures. Voir le soleil s'échauffer. Contempler l'océan quitter la langueur de la nuit et commencer à luire, retrouver son rythme. Surprendre les premiers passants, les premières planches, d'abord les habitués, puis quelques familles, et enfin, en s'attardant encore, les touristes qui arrivent avec les grappes de surfeurs, les lève-tard et autres épicuriens. Les premières heures sont réservées aux initiés. Ceux-là viennent pour d'autres raisons qu'ils gardent pour eux. Claire recherche l'instant de grâce. Rien de précis. Elle a seulement la conviction qu'une révélation surgira de cette contemplation.

Le creux de l'après-midi n'apporte jamais ces éblouissements. La nuit encore moins, malgré tout ce qu'on en dit. Le noir absorbe tout, brouille les pistes, insinue des chimères pour les effacer aussitôt. Du bluff. On ne trouve jamais rien la nuit. Le matin est bien plus efficace, plus mordant, quand l'inconscient frappe encore aux portes, dans cet équilibre précaire, avant qu'elles ne se referment, au bord du réel, au bord des rêveries. Bientôt, il sera trop tard. Quand la plage sera noire de monde, que le jour battra son plein, il ne sera plus possible de réfléchir correctement, d'aller au plus profond de soi, d'invoquer les fantômes, d'imaginer de jolis rêves.

À force, elle les comprenait volontiers, ces surfeurs courant vers le rivage, le regard fixé quelque part dans l'immensité, affichant une détermination inébranlable. Elle parvenait presque à la sentir aussi cette force mystérieuse qui leur commandait d'aller là-bas. La plage, c'était le terrain des timides, ceux que les contraintes retenaient : une marmaille, des sous dans un sac à main, des impératifs de bronzage, des magazines à feuilleter… Étendre une serviette sur la plage, c'était déjà succomber au besoin du point d'ancrage, s'installer, organiser l'espace. C'était prévoir un retour.

Eux, elle les voyait courir. Courir, car marcher, c'était encore risquer de rester, laisser à la raison le loisir de les retenir. Vite, courir et plonger. Le sable qui brûle les pieds. Le soleil qui dépêche la sueur sur le front. Vite. Ne pas risquer de se perdre en restant sur la rive une minute de trop. Se perdre dans l'immensité de l'eau pour mieux la trouver, cette idée de liberté que nous finissons tous par chercher un jour, et la ressentir dans tout son corps, du plat de la main repoussant le courant, jusqu'aux orteils chatouillés par les fines bulles d'écume. Le ventre plaqué contre la planche, le visage éclaboussé à tout instant par les postillons de l'eau, ils ont beau être maltraités, rien ne les arrête. Claire les regardait avec une certaine envie, ces têtes brûlées succombant à « l'appel du large ». La liberté se situait quelque part entre la plage et les profondeurs lointaines.

Ces longues heures passées à méditer devant l'océan lui avaient redonné des forces. L'océan l'avait prise sous son aile et s'était employé sans relâche à réparer son âme en ressassant pour elle les souvenirs des derniers mois, les roulant dans les vagues pour mieux les arrondir, les adoucir.

Claire suivit les empreintes dans le sable. Un long tracé la précédait, et, comme un jeu, elle se mit à calquer ses pas sur ce rythme familier. Le jour se levait doucement, teintant la plage d'une couleur de café crème alangui que l'océan venait lécher avec gourmandise.

Bientôt, elle aperçut une silhouette dressée en amont. Avec ses cheveux longs décoiffés, son grand gilet de laine et son jupon fleuri offert au vent, Irène faisait figure d'un inattendu Petit Poucet. Elle se tenait face à l'océan, tout entière absorbée dans cette contemplation.

Claire s'approcha, aimantée par cette apparition presque irréelle sur la plage déserte qui avait été vidée de ses estivants depuis longtemps. Irène semblait tellement plongée dans ses pensées qu'elle ne remarqua pas sa présence. Alors Claire comprit ce qui était en train de se jouer là : cette même force d'attraction, qui l'avait ensorcelée quelques semaines plus tôt, était en train de s'emparer d'Irène.

Elles demeurèrent là un moment, silencieuses, à regarder ensemble le large, comme s'il était possible d'en sonder, à l'œil nu, les profondeurs. Et sans doute le pouvaient-elles, comme toutes les âmes tourmentées qui échouaient ici. À force de plonger le regard dans l'océan, certains détails, certains souvenirs qui semblaient depuis longtemps engloutis, remontent à la surface. Ils barbotent entre les algues verdâtres et les méduses, et on n'a plus qu'à les attraper avec son épuisette. Tout s'éclaire alors d'une lumière nouvelle. On en ressort épuisé. Épuisé mais apaisé.

Le lundi matin, jour de fermeture, Irène et Claire avaient pris l'habitude de se retrouver sur la plage. Elles marchaient côte à côte, chassant leurs idées noires dans le mouvement de balancier de la promenade, arrêtant de temps à autre leur conciliabule pour écouter le chant de l'océan.

L'heure était venue. Désormais, Claire n'avait plus peur. Ces dernières semaines ici l'avaient conduite à cet instant précis, sur le rebord du plongeoir. L'océan gronda pour l'encourager. L'onde remua en elle. Irène se taisait. Tous attendaient.

– Je vais vous dire, Irène, pourquoi je suis venue à T.

« Ne te tourmente pas », souffla le vent.

– Je ne suis pas venue uniquement pour rencontrer une vieille connaissance de mon père ou pour me ressourcer après une épreuve.

« Ne te tourmente pas », répéta le vent.

– Je suis venue parce que j'ai commis quelque chose de terrible, de vraiment terrible. Et vous êtes la seule qui puisse comprendre ce qui m'y a conduite.

Le vent, toujours : *« Tu n'es coupable de rien. »*

Irène l'attira vers elle, força l'étreinte pour amortir le choc, mais Claire restait impassible, inexpressive, absorbée par l'aveu à faire, elle débitait ses phrases comme si elle les avait répétées en boucle depuis le début de l'histoire avant d'enfin pouvoir oser les prononcer. Elle regardait l'océan fixement, sans ciller, et lâchait ses confessions comme un lâcher de ballons. Chaque phrase s'envolait vers l'horizon.

« J'ai tué mon père. »

« Tu le devais. »

Elle répéta la phrase de plus en plus fort – « J'ai tué mon père. » – devant Irène qui semblait ne pas réagir.

– Irène ! insista la jeune femme, les yeux hagards, presque fous, cédant soudain à la panique devant l'absence de réaction. C'est moi qui l'ai tué !

Irène la força à reposer sa tête contre elle. Ses mains puissantes la maintenaient sur son épaule, dans cette position de l'enfant qu'on console : « C'est fini ! Chut… » Mais cela n'arrangeait rien. Bien au contraire, les sanglots et les larmes ne s'arrêtaient plus. Tout ce que Claire avait contenu pendant des semaines redescendait ici et maintenant contre l'épaule d'Irène. Claire ne pourrait repartir de zéro qu'après avoir vidé ce chagrin dévorant, Irène le savait. Elle laissait évacuer le flot, assécher l'étang de douleur contenu depuis la mort de son père, sans y parvenir tout à fait. Enfin, elle avait permis qu'on pénètre l'intimité de sa tourmente. Enfin, elle ouvrait son cœur. Enfin, le barrage sautait.

« C'est fini », répétait Irène en caressant ses cheveux et son front, d'un geste maternel.

« Tu ne pouvais pas faire autrement », bruissait le vent en écho.

Il y eut un silence, pendant lequel on n'entendit rien d'autre que la brise du matin, qui sifflait, fouettait les visages. Elles s'étaient assises dans le sable côte à côte, deux silhouettes siamoises. Les premières lueurs du jour projetaient des reflets cuivrés sur leurs chevelures, du blond au blanc.

Alors, Claire raconta.

– La maladie le rendait fou, commença-t-elle tout bas. Chaque jour, ses forces s'amenuisaient. Une fatigue intense le grignotait de l'intérieur, gangrénait sa joie de vivre. Lui qui avait rêvé toute sa vie de grands espaces, de maison sans cloison, de maison sans toit, étouffait dans l'enfermement de sa chambre d'hôpital. En être réduit à ces quatre murs blancs, ce lit à roulettes et cette commode grise était une douleur plus vive encore que la maladie.

Les paroles de Claire se mêlaient au vent qui lui répondait : *« Tu m'as libéré. »*

– C'est lui qui te l'a demandé… ? interrogea Irène.

Claire hocha la tête.

– Un matin, je lui ai amené son carnet à dessin à l'hôpital. Je pensais que ça lui ferait plaisir de l'avoir avec lui. Je m'étais figuré qu'il aurait peut-être eu envie de s'y replonger, voire de commencer un nouveau projet. Je pensais que ce carnet de dessin lui donnerait la force de se battre. C'est tout l'inverse qui s'est produit.

Claire donna un coup de pied dans le sable, une pluie rousse se souleva du sol.

– Ou peut-être pas, suggéra Irène.

– C'est-à-dire ? murmura Claire.

– La prison du corps ne lui proposait plus d'avenir, toutes les portes se refermaient. Boris, c'est tout le contraire qui le faisait vivre :

l'espace, l'air, la liberté. C'est la maladie qui l'a condamné, pas toi. Toi, tu lui as ouvert la porte.

– Il m'a dit : « Ouvre-moi la cage. »

– Et c'est ce que tu as fait.

Tout s'était enchaîné très vite. Le mal gagnait du terrain, la douleur crispait son visage, atrophiait ses membres, comme un mauvais démon rampant en lui, le réduisant à néant. Il fallait être plus rapide que le mal. Il m'a parlé d'un ami qui pourrait me procurer de quoi le soulager définitivement. Un pharmacien suisse qui s'adonne à ses heures perdues à la trompette et au jazz.

– Félix…, fit Irène, rêveuse.

– Félix Chevalier. Je l'ai contacté de sa part ; il est venu, toutes affaires cessantes. Pendant plusieurs jours, il est venu le voir, ils parlaient longuement. Et un matin, Félix a déclaré : « On va l'enlever. » Côte à côte, leurs physiques s'opposaient, celui de mon père, si frêle, amaigri, affaibli, et celui de Félix, baraqué, muscles saillants, une vraie armoire à glace. Il a débranché d'un geste sûr tous les fils des machines, et a porté mon père dans ses bras « comme une mariée », a-t-il dit, ce qui a fait rire mon père comme un gosse. J'avais garé la voiture à l'entrée et nous sommes partis en fonçant sur les petites routes des collines, jusqu'à la maison libre. Quand Félix est entré, il n'en croyait pas ses yeux. Il parcourait les lieux, épaté d'être là, tout heureux de déambuler dans le rêve éveillé de son vieil ami. Il a dit : « Alors c'est bien vrai, mon salaud : tu es arrivé à construire ta maison sans toit ni cloison ! Sacré vieux crabe ! » Boris esquissa un sourire et les larmes rougirent ses yeux.

Dans le ciel, les nuages s'amassaient par paquets. Irène serra fort la main de sa jeune amie.

– On a installé mon père dans le fauteuil qu'il aimait tant, celui en cuir et bois d'ébène, face à la baie vitrée qui donnait sur la mer. J'ai ouvert la fenêtre pour qu'il entende le chant des cigales, qu'il sente sur sa peau le vent et le soleil. Félix a sorti un joint, a fait tirer son ami, lequel a tiré plutôt deux fois qu'une sur la cigarette. « Y'a pas d'mal à s'faire du bien », a dit Boris en riant. Ça lui ressemblait bien de nous faire rire jusqu'au dernier instant, avec cette autodérision qui le caractérisait. Nous avons ri malgré nous, et ce rire m'a fait pleurer. « Non, ne pleure pas, ma Clairette. Embrasse-moi plutôt. Grâce à vous, je serai bientôt libre. Merci, merci. » J'ai rejoint ses bras, j'ai fourré mon nez dans le creux de son cou, dans les poils de sa barbe rousse qui sentait bon le tabac Amsterdamer et le savon de Marseille, parfum doux-amer, et puis j'ai attendu que Félix opère.

Quelques minutes plus tard, le souffle avait quitté Boris, son corps s'était raidi et Claire avait eu d'instinct un mouvement de recul.

– On a fait ce qu'il fallait, a dit Félix pour la rassurer. On a fait ce qu'il voulait. Je dois partir maintenant, vite. Il ne faut pas que je traîne dans les parages, tu comprends ? Ça ira ?

Claire avait hoché la tête machinalement. À quel moment avait-elle dévalé la pente ? À quel moment avait-elle basculé pour de bon de l'autre côté ?

– Qu'est-ce que je vais dire ?

– Ne t'en fais pas. Ton père m'a donné des instructions. Je vais prévenir le Père Bastiani. C'est un ami. Il sera là quand ton frère arrivera. Lui saura trouver les mots. Personne n'osera dire quoi que ce soit si c'est lui qui annonce la mort de ton père.

« La mort de ton père » : la formule claquait comme un rideau de fin.

Le récit de Claire avait éprouvé Irène, qui tangua avant de s'affaler dans le sable. D'ordinaire, la maladie se rangeait du côté des sujets tabous.

– Irène, suis-je une criminelle? reprit Claire, plus bas, quand Irène reprit des couleurs.

– Non, ma Claire. Tu n'en es pas une. Tu lui as juste ouvert la cage.

– En avais-je seulement le droit?

– Le droit, peut-être pas. Mais tu en avais le devoir.

L'océan rugit. Claire sentit l'onde se mouvoir en elle.

Les murmures se prolongèrent encore longtemps. L'histoire de l'une résonnait dans celle de l'autre, et les blessures anciennes refaisaient surface comme si elles étaient neuves. L'océan berçait les secrets des femmes, les emportant loin dans ses vagues. Il finirait par adoucir les angles à force de va-et-vient, polissant à l'infini les chagrins jusqu'à ce qu'ils finissent en grains de sable.

Le temps de s'apercevoir que la pluie commençait à tomber, elle entendit Julien l'appeler sur la jetée, deux parapluies à la main.

Rose, Claire, Irène. Les trois Moires de mon destin.

Rose, la fileuse, m'a offert un fil doux dans lequel j'ai pris plaisir à m'enrouler.

Irène, la réparatrice, m'a offert une deuxième naissance après le vide de l'absente.

Claire, enfin, l'inflexible, a coupé le fil, ôtant la souffrance de ma chair.

En retour, j'ai rempli mon devoir, conduit Claire jusqu'à Irène.

Ceci est l'histoire de nos vies et de nos libérations, mosaïque de céramiques fines.

Tout est accompli.

L'océan, le vent, le souffle, les larmes : unique matière.

14

—

La naissance de la maison libre

LA MAIN SE REMET à dessiner.

Elle saisit un crayon et ne s'arrête plus, l'élan qu'elle craignait de ne pas retrouver s'est emparé d'elle. Les paroles d'Irène l'ont libérée. L'iode pique à vif vos pulsions enfouies, le chant de l'océan entête et ouvre grand les perspectives. Finalement, les sensations reviennent vite. Quel plaisir de voir prendre forme sur le papier les tracés les plus farfelus, nés en soi, au-delà de toutes les conventions, au-delà de tout dogme. Il ne s'agit pas de chercher à répondre à un quelconque chemin de fer, ni de plaire à un œil extérieur.

La main est décidée : elle inventera quelque chose de neuf, balaiera tout ce qu'elle a pu dessiner jusque-là, les rénovations des bâtiments publics, les appartements de famille, les pièces à agrandir ou à redimensionner. La main essaie toutes sortes de possibilités, ne se restreint pas, ne se contraint pas. La seule règle est le plaisir. La seule ligne de mire est le beau. Puisque le destinataire est au bout du crayon, la main part de zéro, elle essaie tout, use des ramettes entières de feuilles de papier qui tombent les unes après les autres sur le sol. Peu importe le nombre d'essais, pourvu qu'il y ait l'ivresse.

Comment la main a-t-elle pu passer autant de temps à tout dessiner sauf son rêve ? Combien d'années encore aurait-il fallu avant de replonger dans la recherche effrénée de la maison libre ?

Cette maison libre sera son antre, son refuge de vieux garçon. Vieux garçon et garçon vieux. Le temps est passé. Il y fera ce qu'il voudra : y travaillera, dormira, vivra, tout à la fois. La maison sera légère comme une chanson italienne, puissante comme l'océan, réunira tous les opposés : l'intérieur et l'extérieur, l'ouverture et l'intime, la singularité et les courbes confortables, la transparence et l'éclat, la robustesse et la grâce. La main veut tout obtenir, tout concilier. Et surtout, elle veut jouer ! Jouer avec le vide et la lumière. Car le jeu est le propre de la vie et de la renaissance, le jeu sublime le réel, transcende le quotidien. C'est la richesse du pauvre.

Comme Rose, elle sublimera les différences et déjouera les contradictions.

Comme Irène, elle osera tout.

Comme Claire, elle attrapera votre regard et vous ne pourrez plus la lâcher.

La maison libre de Boris, du moins, se conjuguera à l'aune de ces trois femmes qui se seront penchées sur sa route comme les bonnes fées des contes, et qui auront instillé au fil de sa vie le vide et la lumière.

Toujours, à la base de chaque projet, la même forme parallélépipédique est érigée en monade qui engendre tout, à partir de laquelle se déploie toute chose. La main sent bien qu'elle doit lui faire la peau, la crever, l'éventrer, mais comment faire ?

C'est la gomme qui sauve la maison libre.

La main pose le crayon, range les instruments. Elle saisit le bout rond blanchâtre au toucher duveteux et troué, une à une, toutes les lignes du plan. Les incursions régulières font sauter une à une toutes les cloisons. Puis, la gomme cherche à casser les angles des façades partout où elle peut. L'angle droit, c'est la mort de la grâce. La main veut tout arrondir.

Au-dessus du salon, un nouveau coup de gomme ouvre le toit pour y placer une fenêtre qui laisse apparaître les étoiles et le soleil. Sa maison, il la veut cabane à ciel ouvert. Le soleil et l'air doivent la traverser de part en part sans entrave, comme si elle était aussi leur terrain de jeu. Rien n'est acquis ni définitif, tout peut retourner à la poussière. Avoir un toit au-dessus de sa tête est un privilège dont on n'a pas toujours conscience. Ouvrir ce toit sur l'extérieur, c'est matérialiser la fragilité de l'existence, la vulnérabilité de l'homme.

Boris aime le symbole. Le peuple de Rose célèbre depuis des millénaires ce qu'ils nomment la « Fête des cabanes », où leur Dieu les exhorte à demeurer quelques jours comme dans une véritable maison, en dépit de la saison froide qui commence. Ils y prennent leur repas, invitent leurs amis, s'adonnent à toutes les occupations quotidiennes habituelles. Pendant ces quelques jours, l'idée que nul n'est jamais à l'abri de rien, que rien n'est fixe les accompagnera. L'homme est toujours en position de redevenir nomade. Le matériel est peu de choses. L'essentiel réside à l'intérieur de la maison : la spiritualité, la convivialité, l'hospitalité, la famille. À tout moment, on doit pouvoir quitter les murs et reconstruire, ailleurs.

Boris aime l'idée que le matériel est fragile. Son toit ouvrable en sera le symbole, c'est bien le ciel et non la matière façonnée par l'homme qui se situe au-dessus de nos têtes. Sa maison, aussi belle et chère à ses yeux qu'elle puisse être, restera fragile et secondaire comme toute autre matérialité. Elle sera son rêve devenu réalité, mais ne se substituera pas à l'essentiel.

Tout s'illumine soudain.

Une seule et même pièce, complètement ouverte, sur la nature, sur le ciel et en elle-même : une ode à l'esprit libre.

Chercher l'ouverture, partout et par tous les moyens. L'objectif est de mieux voir le monde à travers elle, admirer la douce et paisible nature du pays bien aimé, les cyprès qui filent vers le ciel, les oliviers tranquilles qui projettent sur le sol sec des ombres tendres, çà et là des tapis de pâquerettes, quelques vignes, deux ou trois arbres fruitiers. Tout sera disposé sans ordre apparent. La seule contrainte sera la beauté de la contemplation depuis la maison. Y demeurer comme au théâtre. Les plus grands chocs esthétiques n'émanent-ils pas plutôt de la nature ? Les architectes qui concentrent leur travail sur les murs n'ont rien compris. Le bâtiment n'est qu'un prisme à travers lequel admirer la beauté du monde. Rien d'autre. La main en est convaincue : le dehors est aussi crucial que le dedans, les murs ne sont là que pour la ligne qu'ils découpent dans le paysage et par laquelle ils guident notre regard, subliment l'espace, induisent le point de vue. Cet impératif complique la tâche mais la main ne renoncera pas. Elle doit tirer le fil jusqu'au bout.

Les paroles de Leprince lui reviennent en mémoire : « Pour penser votre structure, imaginez que vous vous promenez à l'intérieur. L'architecte n'est rien d'autre qu'un promeneur. » À l'époque, les modélisations informatiques en trois dimensions n'existaient pas. On ne pouvait compter que sur son crayon et son imagination. Il n'y avait pas encore ces machines toutes puissantes par le truchement duquel on écrit, dessine, trace les plans d'une maison. Boris ne pourra jamais s'y faire. Jusqu'à la fin, il ne jurera que par sa table à dessin, plan incliné et crayons bien taillés à l'Opinel. Rusticité, simplicité, authenticité.

Boris ferme les yeux et entre en elle. Il prend tout son temps, et plus il se promène en elle, plus l'inspiration vient. Des années plus tard, quand Claire lui mettra entre les mains les romans graphiques de Jirô Taniguchi, il repensera à ces heures de promenade intérieure. En lisant *Le Promeneur* ou *L'Homme qui marche*, Boris ressentira en symbiose le plaisir du flâneur, acquiescera aux principes édictés par le grand maître mangaka : « La promenade me semble devoir être une liberté. Ni objectif ni limite de temps ne doivent l'entraver. »

La main tient sa promesse d'abolir les cloisons. L'ouverture est maximale. « La maison libre, c'est un grand studio », dira-t-il avec son air moqueur. Toutes les pièces communiqueront, le passage sera fluide, laissera la part belle à la promenade. Pour organiser l'espace, Boris invente des panneaux coulissants qui modulent les pièces selon leur usage au fil des heures du jour. Les cloisons n'obstruent pas l'espace, elles l'organisent, et peuvent se fondre dans les murs à la demande. À la grande fenêtre de la pièce à vivre, il imagine un système où la vitre coulisse dans les montants de la fenêtre, pour s'effacer totalement. Le dedans et le dehors ne font plus qu'un.

Boris sait qu'il manque encore un dernier élément. Mais lequel ? Il ferme ses yeux et cherche en lui, s'assoupit peut-être. Le reflet du visage de Rose dans le bassin entourant le Pavillon de Barcelone de Mies van der Rohe lui apparaît en songe. Leur premier voyage. Le soleil sur sa peau tannée. Il ressent un véritable éblouissement devant cette femme, devant cette structure où les matériaux s'interpellent et se répondent : le verre, l'acier, le marbre – quatre types différents, du travertin romain au marbre vert ancien de Grèce, en passant par le marbre vert des Alpes et l'onyx doré de l'Atlas. La symétrie, le minimalisme, l'épure qui s'en dégagent, aboutissent à l'émotion qu'il ressent et qui touche des milliers de personnes à travers le monde. La sensation est universelle.

Boris sursaute : il a trouvé ce qui lui manquait ! L'eau ! L'eau est le troisième élément qui manquait à la lumière et à l'espace pour que le jeu puisse battre son plein et s'exprimer pleinement. Si la lumière donne à lire l'espace en soulignant les courbes et les lignes, l'eau complétera son effet en créant l'alchimie qui sublimera l'ensemble, par le jeu des reflets, des mouvements, de la fluidité qu'elle apportera. L'eau, c'est l'érotisme en plus.

La combinaison de ces trois éléments – espace, lumière et eau – conduira à l'émotion esthétique contemplative qui avait frappé Boris de sidération ce jour où l'image de Rose s'était cristallisée dans le miroir d'eau du Pavillon de Barcelone. Il avait fallu toutes ces années pour retrouver cette émotion enfouie et décider d'en faire quelque chose.

La main prend le crayon et ajoute un bassin tout autour de la structure et titre, d'un élan fougueux, l'utopie devenue réalité : « Maison libre, sans toit ni cloison ».

15

—

Rentrer

NOËL ARRIVA. Irène avait organisé un réveillon au café du Select. La table avait été joliment dressée sur une grande nappe fleurie, qui aurait été plus adaptée à un déjeuner champêtre au mois de mai plutôt qu'à un dîner de Noël. C'était bien le style d'Irène de déjouer les codes, mélanger les genres, sa touche hippie la suivait partout. Quelques bougies avaient été disposées au centre entre les assiettes et les décorations scintillantes. Un minuscule sapin trônait sur le comptoir et de grandes guirlandes avaient été tendues le long des murs. L'atmosphère chaleureuse du lieu demeurait intacte au fil des saisons.

Gaston, les enfants, les conjoints, les petits-enfants, tout le monde était là. Claire et Julien s'étaient joints à cette joyeuse tribu. Le fidèle cuisinier indien qui travaillait pour Irène depuis des années avait préparé avec elle des plats épicés, à mille lieues des traditions occidentales. Claire n'avait jamais vu autant de couleurs sur une table, et jamais eu de telles saveurs en bouche un soir de Noël, que son état exaltait. Exactement ce qu'il lui fallait pour chasser la nostalgie et le mal du pays. Tous trinquaient et bavardaient joyeusement. Claire pensa que son père aurait adoré être là. Lui avait le sens aigu de la célébration. Le nœud pap', les accolades, les verres qui trinquent, les petits plats dans les grands : tout était matière à se réjouir.

Julien ne quittait pas Claire des yeux, rayonnante dans sa rondeur solaire. Il devait absolument lui parler. Quand ils rentreraient, tout à l'heure, il lui dirait à quel point il ne pouvait plus se passer d'elle. Dès leur rencontre, il avait su que tout pouvait basculer. Claire venait d'ailleurs, elle avait fait escale ici mais rentrerait un jour ou l'autre. Déjà une absence dans le regard, une mélancolie de sa vie d'avant. À quoi, à qui pensait-elle ? Julien avait beau sonder, un écran de fumée persistait entre elle et lui, qu'il ne parvenait pas à dissiper totalement. Claire résistait. Claire partirait.

– Je voudrais te donner quelque chose.

Elles s'étaient éloignées de la fête, étaient montées à l'étage dans le salon où régnait toujours le même capharnaüm qui lui avait donné cette sensation oppressante au premier jour de leur rencontre. Rien n'avait changé en apparence et pourtant Claire s'y sentait en terrain familier à présent. L'odeur de patchouli d'Irène flottait avec allégresse.

La rumeur joyeuse du bas leur parvenait en sourdine. Les verres qui trinquent, quelques notes de musique, des éclats de rire… Elles pourraient les laisser tous là, ils ne s'apercevraient jamais de leur absence.

Irène ouvrit le grand secrétaire en bois et remit à Claire une boîte en carton fermée par une ficelle :

– Voici tous mes souvenirs de ton père : ses lettres, des vieux tickets de cinéma, quelques photos qui ont traversé les années…

Claire tenait dans ses mains l'autre moitié du puzzle. Elle se retrouvait dépositaire de deux mémoires, deux fils de souvenirs tissés en parallèle.

« Je préfère que ce soit toi qui les récupères… », ajouta Irène d'une voix vacillante.

Le sous-entendu lui donna la nausée. À table, Claire avait bien remarqué une fatigue plus marquée sur le beau visage d'Irène, les traits tirés, un peu plus de fond de teint que d'ordinaire pour masquer les effets irrémédiables de la maladie. Que dire ? Claire restait muette, n'arrivait pas à aligner deux mots. La question impossible à poser restait bloquée sur ses lèvres.

– Ne t'en fais pas pour moi, jeune fille, gronda gentiment Irène.

Les deux femmes se regardèrent, impuissantes.

– Tout prend fin, ma fille, il faut bien l'accepter. Accepter et préparer la suite. C'est pour ça que je te donne ma partie de l'histoire. Je préfère qu'elle soit entre tes mains plutôt que d'encombrer mes enfants avec ce passé qu'ils ne comprendraient pas. Chaque chose à sa place, c'est mieux ainsi.

– Mais nous avons le temps pour ça !

– Après la fête, je parlerai à Gaston et aux enfants. Le traitement commence à être lourd et je n'ai plus le courage de mentir.

Le mot « traitement » sonnait faux dans la bouche d'Irène.

– Je voudrais te donner un dernier conseil, ajouta Irène.

Elle planta ses yeux dans les siens, sans plus trembler cette fois :

– Tu vas bientôt rentrer chez toi, maintenant. Retrouver ta ville, ton métier. L'exil ne fait jamais un nid confortable. Tu vas devenir mère avec un homme à tes côtés qui t'aime et qui sera sûrement heureux de t'accompagner.

– Je ne sais pas si je peux lui demander un tel sacrifice, hasarda Claire.

– Un sacrifice, vraiment ? Qu'en sais-tu au juste ?

Claire n'avait pas la réponse, mais la conviction d'Irène transportait de l'ardeur pour deux.

Claire comprit à cet instant qu'un chapitre était en train de se clore et qu'il faudrait bientôt prendre une décision pour la suite. Irène avait été cette présence vivace, cette bienveillance d'arrière-plan qui avait accompagné sans juger sa métamorphose, depuis son arrivée jusqu'à ce réveillon. Et en faisant cela, elle lui avait tout simplement montré le chemin de la maternité.

Gérald, le frère d'Irène, qui avait aussi autrefois fait partie de la bande du Select, arriva un peu plus tard. Il avait tenu à faire la route pour voir sa sœur et rencontrer la fille de Boris. Claire fut heureuse de la surprise. Gérald et Irène avaient le même regard noir profond, la même expression de bonhommie et d'excentricité. Une complicité évidente semblait les lier, ce qui intriguait beaucoup Claire, qui n'avait plus eu avec son frère de connivence depuis bien longtemps. Elle les observait, fascinée par cette proximité qui paraissait naturelle. Gérald et Irène racontaient des anecdotes de la bande du Select. Elles semblaient avoir été convoquées déjà mille et une fois, mais ils se délectaient de leur récit à deux voix, et tous les écoutaient en se moquant gentiment de cette énième répétition. Claire les enviait.

Comme il devait être doux d'avoir une épaule fraternelle sur laquelle se reposer !

Elle repensa à Arthur, ce grand frère qu'elle ne comprenait pas. Il y avait tant de distance et d'étrangeté entre eux. À quel moment la complicité s'était-elle effacée ? À la mort de leur mère ? Ou bien après, à l'adolescence, quand le passage à l'âge adulte sépare les routes ? Y avait-il une petite chance pour raviver le lien ? Pourquoi avait-il fallu que sa famille à elle soit à ce point disloquée, décimée ? Ne restaient que des membres épars, disséminés dans autant de villes différentes, qui ne se voyaient plus qu'aux enterrements. Elle regardait autour d'elle ces autres qui formaient une famille nombreuse et bruyante. L'arbre de leur généalogie se tenait droit, chaque branche poussait solidement, en appui sur les précédentes. Ils riaient, se disputaient, parlementaient, mais restaient proches, et n'auraient pas pu passer un Noël l'un sans l'autre.

– Irène, je peux utiliser le téléphone ?

Julien comprit. Il comprit que dans cette atmosphère de partage de fête de fin d'année, malgré toutes les précautions prises pour qu'elle n'y ressemble pas tout à fait, Claire avait eu un sursaut.

– Arthur ? C'est Claire…

Derrière la porte, le ronronnement joyeux lui arrivait assourdi. Elle continua :

– Je voulais te souhaiter un joyeux Noël.

Le silence au bout du fil. Puis, une voix surgit du néant avec courage :

– Où es-tu ?

Le timbre était calme, plus calme que la dernière fois.

– Je suis à T., une petite ville au bord de l'océan. Il m'a fallu un peu de temps après la mort de Papa.

Tout dire à présent. Le secret ne tenait plus.

– Je ne sais pas si tu te rends compte à quel point tout le monde était inquiet.

– Et toi, tu étais inquiet ?

– Évidemment ! répondit-il.

Évidemment… C'était étrange de l'imaginer inquiet pour elle, comme la première brique, le premier pas d'un lien entre eux qui avait si peu existé.

– Il faut que tu rentres.

– Bientôt.

– Il faut qu'on s'occupe de la succession de Papa, insista-t-il.

– Oui, bien sûr.

– J'ai mis une annonce pour vendre la maison, acheva-t-il.

Le vide en elle. Ce n'était pas possible. On ne pouvait pas vendre la maison ! La maison libre n'est pas à vendre ! Ce devait être une erreur. La voix semblait lointaine, à des centaines de kilomètres, Claire n'avait aucune prise sur elle, trop loin pour la dévier.

Prendre la route, une seconde fois. Sentir le véhicule aspiré par l'interminable bande de goudron. S'enfoncer au creux de la route. Ce mouvement-là diffuse en vous l'idée d'une page qui se tourne, l'espérance d'un ailleurs possible. On roule, on avance, et on est déjà là-bas.

Il y a quelques mois, Claire avait conduit jusqu'à T. Le géant d'eau s'était présenté à elle sans ambages. L'appel du large l'avait happée. De sa puissance, elle avait tiré de nouvelles forces et la paix en elle. L'alternance des récifs escarpés et des grandes étendues de sable offrait un confortable refuge à ceux qui fuyaient. Claire avait pris tant de plaisir à se fondre dans ce relief!

Souviens-toi du pays d'où tu viens. Cette terre de miel et de lumière qui a accueilli tes premiers pas.

Cette fois, Claire ne conduisait pas. Depuis le fauteuil passager, elle observait les gestes sûrs et tranquilles de Julien – mains fermes sur le volant, coups d'œil vigilants dans les rétroviseurs, passages de vitesse fluides.

Passagère… Le mot errait en elle.

Passager: qui est de passage en un lieu, éphémère, qui dure peu.

Claire ferma les yeux et appela l'image du père.

Elle avait passé ces derniers mois à cela: convoquer les souvenirs. Les photos étaient utiles en ce sens: elles faisaient défiler tous les âges, toutes les époques, toutes les modes. La barbe rousse. Les incisives fortes, presque carrées. Le sourire franc. Toujours, cette présence vivante crevait les photos, et toujours Claire s'étonnait de leur péremption, comme s'il était impossible de concevoir qu'un regard aussi perçant et une fossette aussi facétieuse pussent mourir pour de vrai.

À force de baigner dans la mémoire de Boris, Claire avait entremêlé ses propres souvenirs et ceux, imaginaires, fabriqués de toutes pièces à partir des photographies retrouvées et des récits d'Irène. Ces fragments formaient à présent un tissu informe, où se confondaient le vrai et le faux sans pouvoir les distinguer. Quelle importance ?

Les expressions de son père, sa manière particulière de jouer avec les mots et de ponctuer ses phrases de patois, tout lui revenait spontanément, échouait au bout de sa langue, comme un hommage, une tentative désespérée de ne pas perdre cette myriade de détails minuscules qui tissent une vie et modèlent une complicité entre deux êtres. Tout un langage se dessinait, n'appartenant qu'à son père et que Claire était la seule à connaître aussi bien que lui. La transmission opérait derrière le chant des syllabes. Boris disparu, Claire se retrouvait seule à la tête de ces détails, qui criaient à son âme, mais qui demeuraient désespérément insignifiants pour les autres.

Parmi les autres, Julien. Il se tenait là, solide roc à son côté, écoutait, s'efforçait de retenir chaque confidence pour coudre les souvenirs de Claire aux siens. La connivence est affaire de couture. Dans l'entremêlement des mailles, les âmes s'attachent, et plus l'ouvrage est vaste, plus l'attache est solide.

Julien n'avait pas hésité une seconde à l'accompagner. La veille, l'orage qui grondait dans le regard de Claire avait suffi à le décider tout à fait. Elle devait retrouver ce pays qu'elle aimait tant, le pays de son père et de la maison libre, revenir sur la scène du dernier acte. Impossible de la laisser seule. La simple idée qu'elle reprenne le volant lui était insupportable. D'ailleurs, la voiture n'était plus en état, il avait utilisé ce prétexte.

Cette fille-là, il ne pouvait tout simplement pas la laisser filer. Il était aimanté à son air fragile qui cachait bien son jeu. Claire était l'inattendu même, tombée du ciel, défiant toutes les règles, bravant la loi. L'amoureuse au ventre rond. Elle avait la capacité de renverser toutes vos habitudes bien établies par sa seule présence, sa façon de vous observer et d'observer vos gestes. Sa manière de contempler le monde, de l'habiter pleinement, d'y plonger sa conscience, ses sens et son imaginaire foisonnant. Non, impossible de s'en séparer. Il était mordu. C'était d'ailleurs le mot qu'il venait de prononcer devant elle.

La route avait nourri les conversations. Le confinement, le bercement du moteur, les vieux CD dans la boîte à gants : tout poussait aux confidences.

– Je n'ai rien à t'offrir, avait-elle conclu.

– Moi non plus !

– Ne ris pas ! J'attends un enfant qui n'est pas de toi, j'ai un héritage à régler dont je ne sais que faire, et je ne sais pas ce que je vais trouver en rentrant chez moi. J'ai fermé ma librairie depuis des mois sans donner signe de vie à mes fournisseurs, à ma banque… Tout le monde a dû s'affoler pendant ces cinq mois de fuite…

– On va trouver, avait-il répondu.

Tout Julien. L'eau tranquille. Désarmant.

– Quand je suis arrivée en août dans cette petite station balnéaire, avec un sac à dos en guise de valise, je savais que je rentrerais un jour chez moi, mais j'étais loin de m'imaginer que je ramènerais un homme dans mes bagages.

– Eh bien tu vois : fais confiance ! Le hasard se charge du reste.

Claire médita ces paroles en regardant défiler la route. Elle enclencha un disque. Un mince filet courut dans les souvenirs de chacun. Moustaki, un autre barbu aux traits doux, caressait les notes de sa voix tendre :

Votre fille a vingt ans, que le temps passe vite

Madame, hier encore, elle était si petite,
Et ses premiers tourments sont vos premières rides,
Madame, et vos premiers soucis.

Julien augmenta le son, et entonna le second couplet :

Chacun de ses vingt ans, pour vous a compté double
Vous connaissiez déjà tout ce qu'elle découvre
Vous avez oublié les choses qui la troublent
Madame, et vous troublaient aussi.

L'ombre, aussi, murmurait à son oreille. Boris avait recopié les paroles à l'encre noire, plié la feuille en quatre et rangé bien méticuleusement dans un des tiroirs de son bureau. Claire ne saura jamais ni quand ni pourquoi Boris avait écrit ces mots, puis les avait gardés si longtemps près de lui.

On la trouvait jolie et voici qu'elle est belle
Pour un individu presque aussi jeune qu'elle
Un garçon qui ressemble à celui pour lequel
Madame, vous aviez embelli.

Elle regarda Julien près d'elle, son regard brûlant d'une urgence qui irradiait son visage.

Il était sans doute temps de se faire « un jardin d'un coin de mauvaise herbe, nouant la fleur de l'âge en un bouquet superbe ». L'ombre acquiesça.

L'intense clarté les cueillit dès leur arrivée. Un éblouissement jailli du ciel et de la mer. Claire se redressa sur son siège et regarda. Par la vitre, toute la ville s'est étalée. Toute cette beauté, quel coup au cœur ! Elle se souvenait que c'était beau, mais pas à ce point. Toute cette lumière qui éclaboussait la vue, elle n'avait plus l'habitude.

Julien ralentit sur la Promenade. Des milliers de diamants scintillaient dans l'eau. Le soleil diffusait ses rayons ardents qui mordaient tout sur leur passage. Et malgré cela, il n'y avait rien de clinquant dans cette ivresse de lumière. Tout semblait calme, tranquille, à la limite de la nonchalance. À l'abri du monde, une quiétude habitait chaque chose et chaque être.

Depuis des siècles, tous avaient été éblouis par sa splendeur, jusqu'aux plus grands, artistes, peintres, compositeurs, philosophes et penseurs. Matisse avait béni cette lumière « tendre et moelleuse malgré son éclat ». Berlioz n'avait trouvé « rien de plus beau que cette colline inspirée, ni Capri, ni la radieuse baie de Salamine ne sauraient lui être comparées ». Klein y avait puisé son inspiration pour inventer une nouvelle couleur. Même le plus sceptique, Nietzsche, avait été charmé par ce « quelque chose de très réconfortant qui me dit : “Ici, tu es à ta place” ».

Claire regardait défiler les « traîne-lattes » comme les appelait Boris. La Promenade était le lieu rêvé pour les flâneries du dimanche. Des dames en robe à fleurs et des messieurs en chemise et veste crème se délassaient sur les célèbres chaises bleues. Ils étiraient leurs solitudes en regardant passer les autres, contemplaient l'horizon en évoquant leur jeunesse perdue. Quelques touristes, une glacière sur l'épaule, se dirigeaient vers la plage, moins effrayés par l'eau fraîche du mois de mars. Des enfants montés sur patins à roulettes prenaient de l'élan sur le large trottoir, faisant des allers et retours jusqu'à leurs parents, quelques mètres derrière eux. Combien d'après-midi Claire avait-elle passés ici à faire comme eux? Boris et Rose suivaient, marchant comme tous ces couples, du Negresco au Ruhl, consultant le niveau du Paillon, hésitant avant de monter jusqu'à *Rauba Capeu*, le point de vue où « les chapeaux s'envolaient » selon la formule consacrée.

La mer était calme, sirupeuse. C'est à peine si la mousse se formait en s'échouant sur les galets. De l'autre côté, au loin, les montagnes veillaient sur la ville, on devinait l'arrière-pays et ses villages préservés.

Tout lui revenait. La splendeur cognait en elle, serrait sa poitrine. C'était trop de bleu, trop d'or. La vague enflait, se brisait en elle. Rentrer était plus dur que partir. On rapportait avec soi deux voyages, tout ce qu'on avait quitté et tout ce qu'on ramenait. Tout résonnait trop fort en elle, roulait les souvenirs comme des galets au creux de son âme.

Claire baissa la vitre, offrit son visage au vent. Une odeur saline vint chatouiller leurs narines, une odeur différente de celle de l'océan. Elle mit sa main sur la cuisse de Julien, ferma les yeux. Un large sourire irradia son visage, comme il ne lui connaissait pas.

« Prends à gauche. »

Julien obéissait aux instructions et le véhicule grimpait sur les collines. La route se fit de plus en plus sinueuse, devint étroite par moments et, de lacets en lacets, ils parvinrent à un clocher rose et vert qui sonna les vêpres.

Il y avait eu là une jolie messe, quelques mois plus tôt, et c'est sur ce parvis que ses tantes lui avaient dit : « Toi, tu es forte. » Ces paroles qui se voulaient encourageantes avaient sonné le glas, comme une exhortation que Claire ne parvenait plus à assumer, submergée par ce chagrin et ce vide en elle dont personne ne semblait lui reconnaître le droit. Rien ne s'accordait. Le monde sans Boris marchait à l'envers. Tous pleuraient alors que lui était le rire même. Il avait fallu fuir pour trouver le lieu où le souvenir de cette joie persistait encore.

Il y a cinq mois, Claire fuguait.

Elle repensa à la première fois où elle s'était retrouvée devant l'océan, au début du mois d'août. Elle s'était taillé de nouveaux horizons dans les lames vertes de l'océan, échafaudé de nouveaux destins dans ces départs de vagues qui ne revenaient jamais tout à fait entières. Aujourd'hui, elle rentrait au pays, la silhouette méconnaissable, mais l'esprit libéré et serein, une nouvelle vie bouillonnant en elle.

Le portail s'ouvrit. La maison apparut progressivement, égale à elle-même. Les pneus crissèrent sur le gravier. Julien coupa le moteur, leva les yeux vers la bâtisse. Un pavé blanc fondu dans la nature, percé de toutes parts de larges ouvertures. Comme dans la description de Claire. Il avait fallu parcourir tous ces kilomètres pour revenir au point de départ, en saisir la force, et trouver sa place.

Arthur était assis sur la marche du perron devant la maison, faisant danser des cailloux entre ses doigts. Ses yeux étaient fatigués, il n'était pas rasé, portait le deuil comme le veut la coutume. Il avait vieilli, et en même temps la douceur désabusée qui flottait sur son visage lui donnait cet air enfantin que Claire lui avait connu des années auparavant.

Il y avait eu tant de rendez-vous manqués ! Et pourtant, ils se retrouvaient là, face à face devant la maison du père, à des mois d'intervalle de l'enterrement, ce jour où Claire avait fait faux bond. Une tension flottait, tenue en laisse par la pudeur que le lieu suscitait. Par où commencer ? Elle chercha des yeux le panneau à vendre sans le trouver, songea que son frère ne l'avait pas attendue. Claire lâcha sa colère la première.

– Je ne veux pas vendre !

La phrase avait attaqué, sans préambule.

– Il fallait bien trouver quelque chose pour que tu viennes, répondit Arthur, un sourire triste sur les lèvres.

Non, ils ne vendraient pas. Ils n'en avaient pas le droit ni l'envie. On ne pouvait pas vendre. Leur sang qui pulsait dans leurs veines le refusait. Claire se jeta contre son frère, tambourina sa poitrine comme lorsqu'ils étaient enfants et qu'il l'avait fait enrager trop longtemps. Pour toute réponse, il l'enlaça maladroitement. Depuis combien d'années n'était-ce pas arrivé ?

– Entrons.

Étrange sensation de rentrer par effraction. Ils ouvrirent les volets et prirent place dans le sofa, face à la baie vitrée. Arthur tendit une enveloppe cachetée à sa sœur, sur laquelle il était noté de la main du père : *Pour Claire et Arthur. À ouvrir ENSEMBLE.*

Mes enfants,

Si vous lisez cette lettre, c'est que je ne suis plus, et que le notaire a accompli son devoir. Si vous lisez cette lettre, c'est aussi que vous êtes tous les deux réunis, côte à côte, puisque là était la condition imposée pour pouvoir la décacheter. J'y tiens beaucoup. Vous êtes une famille et une famille affronte et se relève ensemble. Le temps de lire ce courrier, vous avez trouvé le moyen de mettre de côté vos rancœurs et vos incompréhensions, vos obligations professionnelles et toutes ces urgences que le quotidien dépose sur nos routes, en feignant de ne pas nous laisser le choix. Je vous imagine un peu inquiets, un peu méfiants. Qu'est-ce que votre père a encore inventé ?

Ô combien j'ai été heureux dans cette maison, ô combien j'ai aimé plonger mon regard en elle et hors d'elle, combien je m'y suis senti entier, accompli, serein. Elle est l'aboutissement de toute une vie, s'est gorgée de tous les événements qui ont constitué mon existence, les doux et les tendres, mais aussi les plus sombres. On ne peut pas gagner sur tous les tableaux. Entre les réussites et les échecs, entre les chances et les cancers de la vie, il faut bien partager un peu.

Chacun son lot, chacun son fardeau.

C'est dans l'ombre de mes oliviers bien-aimés que j'ai posé le mien, sans lauriers mais dans un bain de lumière.

« Less is more » *: voici le secret. Je vous passe le relais. Cette maison est avant tout matière, matière à rêver. À vous de faire vibrer une nouvelle fois cette matière pour la faire vôtre. Vous avez tous les droits : la* *transformer, la détruire, la reconstruire. Tous les coups de crayon sont permis. Seule contrainte imposée : le faire ensemble.*

Ceci est mon dernier espoir, ma dernière tentative de pouvoir vous livrer ce que j'ai retenu de ma modeste expérience de la vie. Pour cela, je veux vous savoir unis, côte à côte, à œuvrer ensemble pour dépasser vos craintes et accomplir vos rêves. Si j'ai eu la chance d'y parvenir moi-même, c'est grâce à tous ceux qui se sont mis sur ma route. Chacun apporte sa pierre. Encore faut-il se baisser pour les ramasser toutes et bâtir grâce à elles l'édifice qui vous réalisera.

Osez !

On peut passer sa vie à attendre sur le quai, sans jamais oser s'aventurer « ailleurs ». Le courage est cette chose fragile qui s'émousse au moindre silence. La moindre suspension offre l'occasion d'hésiter, et hésiter, c'est déjà se perdre.

On cogna sur les parois, le bébé étirait ses membres, tambourinait, signalait sa présence.

ÉPILOGUE

Chère Irène,

J'envoie cette lettre au vent, à personne, puisque tu n'es plus. Mais le besoin d'écrire disparaît-il en même temps que s'envolent ceux qui comptent ?

J'ai inventé une seconde vie à la maison libre. Elle est devenue la maison des livres, ma librairie. Quand je vois ce que la maison sans toit ni cloison de Boris est devenue, librairie à ciel ouvert, aux rayons modulables, sans frontières, sans barrières, tout prend sens. Le rêve de Boris a engendré le mien, il l'a rendu possible. Cette construction était parfaite pour accueillir ce nouveau lieu de vie et de travail. J'aurais tellement voulu que tu puisses la voir ! Mais la vie, sans cesse, nous prive de ceux qu'on aime.

Je comprends maintenant le message que Papa m'a laissé avec cette maison. Il l'a conçue comme une ode à la liberté, un hommage à la nature, un engagement pour l'épure. Il nous a légué sa maison bizarre, qui ne ressemble à aucune autre. Elle a été son refuge et l'écho de son âme, et devait prendre forme entre nos mains. Car l'héritage ne doit pas figer, il doit inspirer, l'héritage ne doit pas être la conservation à l'identique, il doit être remodelé par celui qui le reçoit, remodelé à son image, pour mieux transmettre la flamme à son tour.

Nous ne sommes que des passeurs.

Parfois je me demande ce qu'elle deviendra entre les mains de mon fils, le jour où il en aura à son tour l'héritage. Dans quelques jours, mon enfant naîtra, Julien deviendra son père, et ton souvenir continuera à pulser fort en moi. Car sans toi, Irène, il m'aurait été impossible de recevoir cet « héritage ». En un sens, tu as été notre passeur, tu m'as permis de comprendre mon père et le message de sa vie, tu m'as mise sur la route de ma drôle de famille, tu m'as aidée à me trouver, moi, à trouver ma place et à devenir un nid pour celui qui a choisi d'habiter en moi.

Telle est la vraie question, au fond, qui nous occupe toute notre existence : trouver un moyen d'habiter ce monde.

Remerciements

Je remercie Héloïse d'Ormesson qui m'a accueillie avec bienveillance dans sa « maison ». Je n'aurais pas pu rêver de plus bel écrin.

Caroline Laurent m'a mise sur son chemin. Sa confiance et sa détermination m'ont permis de donner le meilleur de moi-même et nous avons levé ensemble tous les obstacles, les uns après les autres.

Une pensée particulière pour ma mère, qui lira sans doute ce livre avec une certaine émotion. Cette histoire n'est pas à vocation biographique. Elle s'inspire néanmoins de quelqu'un qui nous est cher, troisième pièce de notre trio familial, pièce manquante depuis douze ans. Son âme a « habité » mon écriture.

Je n'oublie pas la famille, les amis et collègues qui m'ont encouragée : Anne, Florence, Sophie, Éric, Michèle, Louis, Hélène, Nicolas, Charles, Delphine, Nolwenn, Fabien, Christophe, Agathe, Sonia, Lionel, Patrick, Xavier, Virginie, ainsi que mes formidables libraires Anne-Pascale, Florence et Olivier. Se sentir soutenue dans ces projets longs est précieux.

Enfin, au moment de mettre un point final à ce long travail, je ne peux qu'éprouver une immense gratitude envers mon David, mon infatigable premier lecteur, avec qui j'ai bâti une merveilleuse famille. Simon, Hanna, et Lucie, née pendant l'écriture, vous êtes la sève qui anime nos jours.

Conception graphique et réalisation
Anne-Marie Bourgeois/m87design
assistée de Cinthia Lupoli

Achevé d'imprimer
par Normandie Roto Impression s.a.s.
61250 Lonrai
en mars 2022

Dépôt légal
mai 2022.
Numéro d'imprimeur
2201063

Édition n°1